U0737758

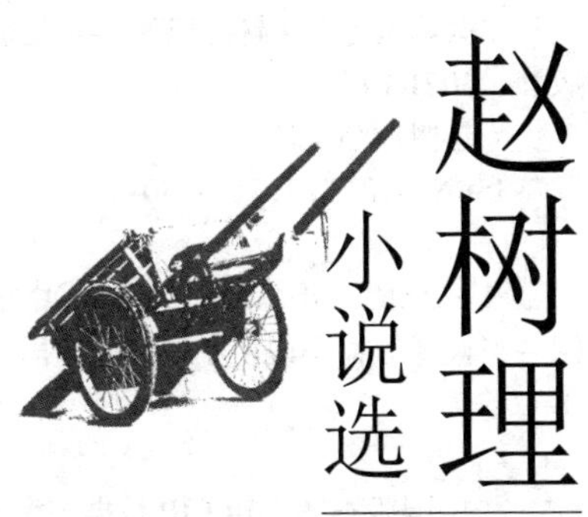

赵树理

小说选

『锻炼锻炼』

（1958—1963）

Zhao Shu Li

赵树理　著

中国言实出版社

图书在版编目（CIP）数据

“锻炼锻炼” / 赵树理著 . -- 北京：中国言实出版社，2021.10
（赵树理小说选）
ISBN 978-7-5171-3030-7

Ⅰ . ①锻… Ⅱ . ①赵… Ⅲ . ①中篇小说—小说集—中国—当代②短篇小说—小说集—中国—当代 Ⅳ . ① I247.7

中国版本图书馆 CIP 数据核字（2021）第 035670 号

出 版 人 王昕朋
责任编辑 李昌鹏
责任校对 张国旗

出版发行 中国言实出版社
地 址：北京市朝阳区北苑路 180 号加利大厦 5 号楼 105 室
邮 编：100101
编辑部：北京市海淀区花园路 6 号院 B 座 6 层
邮 编：100088
电 话：64924853（总编室） 64924716（发行部）
网 址：www.zgyscbs.cn
E-mail：zgyscbs@263.net

经 销 新华书店
印 刷 徐州绪权印刷有限公司
版 次 2021 年 10 月第 1 版 2021 年 10 月第 1 次印刷
规 格 787 毫米 ×1092 毫米 1/32 7.125 印张
字 数 124 千字
定 价 45.80 元 ISBN 978-7-5171-3030-7

目录

1962 年

1963 年

1958年

“锻炼锻炼”[①]

“争先”农业社，地多劳力少，动员女劳力，做得不够好：有些妇女们，光想讨点巧，只要没便宜，请也请不到——有说小腿疼，床也下不了，要留儿媳妇，给她送屎尿；有说四百二，她还吃不饱，男人上了地，她却吃面条。她们一上地，定是工分巧，做完便宜活，老病就犯了；割麦请不动，拾麦起得早，敢偷又敢抢，脸面全不要；开会常不到，也不上民校，提起正经事，啥也不知道，谁给提意见，马上跟谁闹，没理占三分，吵得天塌了。这些老毛病，赶紧得改造，快请识字人，念念大字报！

——杨小四写

① 原载1958年《火花》第8期、《人民文学》第9期。本书据《下乡集》。

"锻炼锻炼"

这是一九五七年秋末"争先农业社"整风时候出的一张大字报。在一个吃午饭的时间，大家正端着碗到社办公室门外的墙上看大字报，杨小四就趁这个热闹时候把自己写的这张快板大字报贴出来，引得大家丢下别的不看，先抢着来看他这一张，看着看着就轰隆轰隆笑起来。倒不因为杨小四是副主任，也不是因为他编得顺溜写得整齐才引得大家这样注意，最引人注意的是他批评的两个主要对象是"争先社"的两个有名人物——一个外号叫"小腿疼"，那一个外号叫"吃不饱"。

小腿疼是五十来岁一个老太婆，家里有一个儿子一个儿媳还有个小孙孙。本来她瞧着孙孙做做饭，媳妇是可以上地的，可是她不，她一定要让媳妇照住她当日伺候婆婆那个样子伺候她——给她打洗脸水、送尿盆、扫地、抹灰尘、做饭、端饭……不过要是地里有点便宜活的话也不放过机会。例如夏天拾麦子，在麦子没有割完的时候她可去，一到割完了她就不去了。按她的说法是"拾东西全凭偷，光凭拾能有多大出息"。后来社里发现了这个秘密，又规定拾的麦子归社，按斤给她记工她就不干了。又如摘棉花，在棉桃盛开每天摘的能超过定额一倍的时候她也能出动好几天，不用说刚能做到定额她不去，就是只超过定额三分她也不去。她的小腿上，在年轻时候生过臁疮，不过早在二十多年前就治好了。在生疮的时候，她的丈夫伺候她；在治好之后，为了容易使唤丈夫，她说她留下了个腿疼根。“疼”是只有自己才能感觉到的。她说“疼”别人也无法证明真假，不过她这“疼”疼得有点特别：高兴时候不疼，不高兴了就疼；逛会、看戏、游门、串户时候不疼，一做活儿就疼；她的丈夫死后儿子还小的时候有好几年没有疼，一给孩子娶过媳妇就又疼起来；入社以后是活儿能大量超过定额时候不疼，超不过定额或者超过的少了就又要疼。乡里的医务站办得虽说还不错，可是对这种腿疼还是没有办法的。

吃不饱原名李宝珠，比“小腿疼”年轻得多——才三十来岁，论人才在“争先社”是数一数二的。可惜她这个优越条件，变成了她自己一个很大的包袱。她的丈夫叫张信，和她也算是自由结婚。张信这个人，生得也聪明伶俐，只是没有志气，在恋爱期间李宝珠跟他提出的条件，明明白白就说是结婚以后不上地劳动，这条件在解放后的农村是没有人能答应的，可是他答应了。在李宝珠看来，她这位丈夫也不能算最满意的人，只能说是“比上不足比下有余”——因为不是个干部——所以只把他作为个“过渡时期”的丈夫，等什么时候找下了最理想的人再和他离婚。在结婚以后，李宝珠有一个时期还在给她写大字报这位副主任杨小四身上打过主意，后来打听着她自己那个“吃不饱”的外号原来就是杨小四给她起的，这才打消了这个念头。她既然只把张信当成她“过渡时期”的丈夫，自然就不能完全按“自己人”来对待他，因此她安排了一套对待张信的“政策”。她这套政策：第一是要掌握经济全权，在社里张信名下的账要朝她算，家里一切开支要由她安排，张信有什么额外收入全部缴她，到花钱时候再由她批准、支付。第二是除做饭和针线活以外的一切劳动——包括担水、和煤、上碾、上磨、扫地、送灰渣一切杂事在内——都要由张信负担。第三是吃饭穿衣的标准要由她规定——在吃饭方面她自己是想吃什么就做什么，对张信是她做什么张信吃什么；同样，在穿衣方面，她自己是想穿什么买什么，对张信自然又是她买什么张信穿什么。她这一套政策是她暗自规定暗自执行的，全面执行之后，张信完全变成了她的长工。自从实行粮食统购以来，她是时常喊叫吃不饱的。她的吃法是张信上了地她先把面条煮得吃了，再把汤里下几颗米熬两碗糊糊粥让张信回来吃，另外还做些火烧干饼锁在箱里，张信不在的时候几时想吃几时吃。队里动员她参加劳动时候，她却说“粮食不够吃，每顿只能等张信吃完了刮个空锅，实在劳动不了”。时常做假的人，没有不露马脚的。张信常发现床铺上有干饼星星（碎屑），也不断见着糊糊粥里有一两根没有捞尽的面条，只是因为一提就得生气，一生气她就先提“离婚”，所以不敢提，就那样睁只眼合只眼吃点亏忍忍饥算了。有一次张信端着碗在门外和大家一齐吃饭，第三队（他所属的队）的队长张太和发现他碗里有一根面条。这位队长是个比较爱说调皮话的青年。他问张信说："吃不饱大嫂在哪里学会这单做一根面条的本事哩？"从这以后，每逢张信端着糊糊粥到门外来吃的时候，爱和他开玩笑的人常好夺过他的筷子来在他碗里找面条，碰巧的是时常不落空，总能找到那么一星半点。张太和有一次跟他说："我看'吃不饱'这个外号给你加上还比较正确，因为你只能吃一根面条。"在参加生产方面，"吃不饱"和"小腿疼"的态度完全一样。她既掌握着经济全权，就想利用这种时机为她的"过渡"以后多弄一点儿积蓄，因此在生产上一有了取巧的机会她就参加，绝不受她自己所定的政策第二条的约束；当便宜活做完了她就仍然喊她的"吃不饱不能参加劳动"。

杨小四的快板大字报贴出来一小会儿，吃不饱听见社房门口起了哄，就跑出来打听——她这几天心里一直跳，生怕有人给她贴大字报。张太和见她来了，就想给她当个义务读报员。张太和说："大家不要起哄，我来给大家从头念一遍！"大家看见吃不饱走过来，已经猜着了张太和的意思，就都静下来听张太和的。张太和说快板是很有功夫的。他用手打起拍子有时候还带着表演，跟流水一样马上把这段快板说了一遍，只说得人人鼓掌、个个叫好。吃不饱就在大家鼓掌鼓得起劲的时候，悄悄溜走了。

不过吃不饱可没有回了家，她马上到小腿疼家里去了。她和小腿疼也不算太相好，只是有时候想借重一下小腿疼的硬牌子。小腿疼比她年纪大，闯荡得早，又是正主任王聚海、支书王镇海、第一队队长王盈海的本家嫂子，有理没理常常敢到社房去闹，所以比吃不饱的牌子硬。吃不饱听张太和念过大字报，气得直哆嗦，本想马上在当场骂起来，可是看见人那么多，又没有一个是会给自己说话的，所以没有敢张口就悄悄溜到小腿疼家里。她一进门就说：“大婶呀！有人贴着黑帖子骂咱们哩！”小腿疼听说有人敢骂她好像还是第一次。她不相信地问：“你听谁说的？”

“谁说的？多少人都在社房门口吵了半天了，还用听谁说？”“谁写的？”“杨小四那个小死材！”“他这小死材都写了些什么？”“写得多着哩：说你装腿疼，留下儿媳妇给你送屎尿；说你偷麦子；说你没理占三分，光跟人吵架……”她又加油加醋添了些大字报上没有写上去的话，一顿把个小腿疼说得腿也不疼了，腾腾腾腾就跑到社房里去找杨小四。

这时候，主任王聚海、副主任杨小四、支书王镇海三个人都正端着碗开碰头会，研究整风与当前生产怎样配合的问题，小腿疼一跑进去就把个小会给他们搅乱了。在门外看大字报的人们，见小腿疼的来头有点不平常，也有些人跟进去看。小腿疼一进门一句话也没有说，就伸开两条胳膊去扑杨小四，杨小四从座上跳起来闪过一边，主任王聚海趁势把小腿疼拦住。杨小四料定是大字报引起来的事，就向小腿疼说："你是不是想打架？政府有规定，不准打架。打架是犯法的。不怕罚款、不怕坐牢你就打吧！只要你敢打一下，我就把你请得到法院！"又向王聚海说："不要拦她！放开叫她打吧！"小腿疼一听说要出罚款要坐牢，手就软下来，不过嘴还不软。她说："我不是要打你！我是要问问你政府规定过叫你骂人没有？""我什么时候骂过你？""白纸黑字贴在墙上你还昧得了？"王聚海说："这老嫂！人家提你的名来没有？"小腿疼马上顶回来说："只要不提名就该骂是不是？要可以骂我可就天天骂哩！"杨小四说："问题不在提名不提名，要说清楚的是骂你来没有！我写的有哪一句不实，就算我是骂你！你举出来！我写的是有个缺点，那就是不该没有提你们的名字。我本来提着的，主任建议叫我去了。你要嫌我写得不全，我给你把名字加上好了！""你还嫌骂得不痛快呀？加吧！你又是副主任，你又会写，还有我这不识字的老百姓活的哩？"支书王镇海站起来说："老嫂你是说理不说理？要说理，等到辩论会上找个人把大字报一句一句念给你听，你认为哪里写得不对许你驳他！不能这样满脑一把抓来派人家的不是！谁不叫你活了？”“你们都是官官相卫，我跟你们说什么理？我要骂！谁给我出大字报叫他死绝了根！叫狼吃得他不剩个血盘儿，叫……”支书认真地说：“大字报是毛主席叫贴的！你实在要不说理要这样发疯，这么大个社也不是没有办法治你！”回头向大家说：“来两个人把她送乡政府！”看的人们早有几个人忍不住了，听支书一说，马上跳出五六个人来把她围上，其中有两个人拉住她两条胳膊就要走。这时候，主任王聚海却拦住说：“等一等！这么一点儿事哪里值得去麻烦乡政府一趟？”大家早就想让小腿疼去受点教训，见王聚海一拦，都觉得泄气，不过他是主任，也只好听他的。小腿疼见真要送她走，已经有点胆怯，后来经主任这么一拦就放了心。她定了定神，看到局势稳定了，就强鼓着气说了几句似乎是光荣退兵的话：“不要拦他们！让他们送吧！看乡政府能不能拔了我的舌头！”王聚海认为已经到了收场的时候，就拉长了调子向小腿疼说：“老嫂！你且回去呢！没有到不了底的事！我们现在要布置明天的生产工作，等过两天再给你们解释解释！”“什么解释解释？一定得说个过来过去！”“好好好！就说个过来过去！”杨小四说：“主任你的话是怎么说着的？人家闹到咱的会场来了，还要给人家赔情是不是？”小腿疼怕杨小四和支书王镇海再把王聚海说倒了弄得自己不得退场，就赶紧抢了个空子和王聚海说："我可走了！事情是你承担着的！可不许平白白地拉倒啊！"说完了抽身就走，跑出门去才想起来没有装腿疼。

主任王聚海是个老中农出身，早在抗日战争以前就好给人和解个争端，人们常说他是个会和稀泥的人；在抗日战争中八路军来了以后他当过村长，做各种动员工作都还有点办法；在土改时候，地主几次要收买他，都被他拒绝了，村支部见他对斗争地主还坚决，就吸收他入了党；"争先农业社"成立时候，又把他选为社主任，好几年来，因为照顾他这老资格，一直连选连任。他好研究每个人的"性格"，主张按性格用人，可惜不懂得有些坏性格一定得改造过来。他给人们平息争端，主张"和事不表理"，只求得"了事"就算。他以为凡是懂得他这一套的人就当得了干部，不能照他这一套来办事的人就都还得"锻炼锻炼"。例如在一九五五年党内外都有人提出可以把杨小四选成副主任，他却说"不行不行，还得好好锻炼几年"，直到本年（一九五七年）改选时候他还坚持他的意见，可是大多数人都说杨小四要比他还强，结果选举的票数和他得了个平。小四当了副主任之后，他可是什么事也不靠小四做，并且常说："年轻人，随在管委会里'锻炼锻炼'再说吧！"又如社章上规定要有个妇女副主任，在他看来那也是多余的。他说："叫妇女们闹事可以，想叫她们办事呀，连门都找不着！”因为人家别的社里每社都有那么一个人，他也没法坚持他的主张，结果在选举时候还是选了第三队里的高秀兰来当女副主任。他对高秀兰和对杨小四还有区别，以为小四还可以“锻炼锻炼”，秀兰连“锻炼”也没法“锻炼”，因此除了在全体管委会议的时候按名单通知秀兰来参加以外，在其他主干碰头的会上就根本想不起来还有秀兰那么个人。不过高秀兰可没有忘了他。就在这次整风开始，高秀兰给他贴过这样一张大字报：

争先社，难争先，因为主任太主观：只信自己有本事，常说别人欠锻炼；大小事情都包揽，不肯交给别人干，一天起来忙到晚，办的事情很有限。遇上社员有争端，他在中间赔笑脸，只求说个八面圆，谁是谁非不评断，有的没理沾了光，感谢主任多照看，有的有理受了屈，只把苦水往下咽。正气碰了墙，邪气遮了天，有力没处使，谁还肯争先？希望王主任，来个大转变：办事靠集体，说理分长短，多听群众话，免得耍光杆！

——高秀兰写

他看了这张大字报，冷不防也吃了一惊，不过他的气派大，不像小腿疼那样马上叽叽喳喳乱吵，只是定了定神仍然摆出长辈的口气来说："没想到秀兰这孩子还是个有出息的，以后好好'锻炼锻炼'还许能给社里办点事。"王聚海就是这样一个人。

杨小四给小腿疼和吃不饱出的那张大字报，在才写成稿子没有誊清以前，征求过王聚海的意见。王聚海坚决主张不要出。他说："什么病要吃什么药，这两个人吃软不吃硬。你要给她们出上这么一张大字报，保证她们要跟你闹麻烦；实在想出的话，也应该把她们的名字去了。"杨小四又征求支书王镇海的意见，并且把主任的话告诉了支书，支书说："怕麻烦就不要整风！至于名字写不写都行，一贴出去谁也知道指的是谁！"杨小四为了照顾王聚海的老面子，又改了两句，只把那两个人的名字去了，内容一点儿也没有变，都贴出去了。

当小腿疼一进社房来扑杨小四，王聚海一边拦着她，一边暗自埋怨杨小四："看你惹下麻烦了没有？都只怨不听我的话！"等到大家要往乡政府送小腿疼，被他拦住用好话把小腿疼劝回去之后，他又暗自夸奖他自己的本领："试试谁会办事？要不是我在，事情准闹大了！"可是他没有想到当小腿疼走出去、看热闹的也散了之后，支书批评他说："聚海哥！人家给你提过那么多意见，你怎么还是这样无原则？要不把这样无法无天的人的气焰打下去，这整风工作还怎么往下做呀？"他听了这几句批评觉得很伤心。他想：“你们闯下了事自己没法了局，我给你们做了开解，倒反落下不是了？”不过他摸得着支书的“性格”是“认理不认人、不怕不了事”的，所以他没有把真心话说出来，只勉强承认说：“算了算了！都算我的错！咱们还是快点布置一下明后天的生产工作吧！”

一谈起布置生产来，支书又说：“生产和整风是分不开的。现在快上冻了，妇女大半不上地，棉花摘不下来，花秆拔不了，牲口闲站着，地不能犁，要不整风，怎么能把这种情况变过来呢？”主任王聚海说：“整风是个慢工夫，一两天也不能转变个什么样子；最救急的办法，还是根据去年的经验，把定额减一减——把摘八斤籽棉顶一个工，改成六斤一个工，明天马上就能把大部分人动员起来！”支书说：“事情就坏到去年那个经验上！现在一天摘十斤也摘得够，可是你去年改过那么一下，把那些自私自利的人改得心高了，老在家里等那个便宜。这种落后思想照顾不得！去年改成六斤，今年她们会要求改成五斤，明年会要求改成四斤！”杨小四说：“那样也就对不住人家进步的妇女！明天要减了定额，这几天的工分你怎么给人家算？一个多月以前定额是二十斤，实际能摘到四十斤，落后的抢着摘棉花，叫人家进步的去割谷，就已经亏了人家；如今摘三遍棉花，人家又按八斤定额摘了十来天了，你再把定额改小了让落后的来抢，那像话吗？”王聚海说："不改定额也行，那就得个别动员。会动员的话，不论哪一个都能动员出来，可惜大家在做动员工作方面都没有'锻炼'，我一个人又只有一张嘴，所以工作不好做……"接着他就举出好多例子，说哪个媳妇爱听人夸她的手快，哪个老婆爱听人说她干净……只要摸得着人的"性格"，几句话就能说得她愿意听你的话。他正唠唠叨叨举着例子，支书打断他的话说："够了够了！只要克服了资本主义思想，什么'性格'的人都能动员出来！"

话才说到这里，乡政府来送通知，要主任和支书带两天给养马上到乡政府集合，然后到城关一个社里参观整风大辩论。两个人看了通知，主任说："怎么办？"支书说："去！""生产？""交给副主任！"主任看了看杨小四，带着讽刺的口气说："小四！生产交给你！支书说过，'生产和整风分不开'，怎样布置都由你！""还有人家高秀兰哩！""你和她商量去吧！"

主任和支书走后，杨小四去找高秀兰和副支书，三个人商量了一下，晚上召开了个社员大会。

人们快要集合齐了的时候，向来不参加会的小腿疼和吃不饱也来了。当她们走近人群的时候，吃不饱推着小腿疼的脊背说："快去快去！凑他们都还没有开口！"她把小腿疼推进了场，她自己却只坐在圈外。一队的队长王盈海看见她们两个来得不大正派，又见小腿疼被推进场去以后要直奔主席台，就趁了两步过来拦住她说：“你又要干什么？”“干什么？今天晌午的事你又不是不知道！先得把小四骂我的事说清楚，要不今天晚上的会开不好！”前边提过，王盈海也是小腿疼的一个本家小叔子，说话要比王聚海、王镇海都尖刻。王盈海当了队长，小腿疼虽然能借着个叔嫂关系跟他耍无赖，不过有时候还怕他三分。王盈海见小腿疼的话头来得十分无理，怕她再把个会场搅乱了，就用话顶住她说：“你的兴就还没有败透？人家什么地方屈说了你？你的腿到底疼不疼？”“疼不疼你管不着！”“编在我队里我就要管你！说你腿疼哩，闹起事来你比谁跑得也快；说你不疼哩，你却连饭也不能做，把个媳妇拖得上不了地！人家给你写了张大字报，你就跟被蝎子蜇了一下一样，叽叽喳喳乱叫喊！叫吧！越叫越多！再要不改造，大字报会把你的大门上也贴满了！”这样一顶，果然有效，把个小腿疼顶得关上嗓门慢慢退出场外和吃不饱坐到一起去。杨小四看见小腿疼息了虎威，悄悄和高秀兰说：“咱们主任对小腿疼的‘性格’摸得还是不太透。他说小腿疼是‘吃软不吃硬’，我看一队长这‘硬’的比他那‘软’的更有效些。”

宣布开会了，副支书先讲了几句话说：“支书和主任今天走得很急促，没有顾上详细安排整风工作怎样继续进行。今天下午我和两位副主任商议了一下，决定今天晚上暂且不开整风会，先来布置明天的生产。明天晚上继续整风，开分组检讨会，谁来检讨、检讨什么，得等到明天另外决定。我不说什么了，请副主任谈生产吧！”副支书说了这么几句简单的话就坐下了。有个人提议说：“最好是先把检讨人和检讨什么宣布一下，好让大家准备准备。”副支书又站起来说：“我们还没有商量好，还是等明天再说吧！”

接着就是杨小四讲话。他说：“咱们现在的生产问题，大家都看得很清楚：棉花摘不下来，花秆拔不了，牲口闲站着，地不能犁，再过几天地一冻，秋杀地[1]就算误了。摘完了的棉花秆，断不了还要丢下一星半点，拔在秆上熏了肥料，觉着很可惜；要让大家自由拾一拾吧，还有好多三遍花没有摘，说不定有些手不干净的人要偷偷摸摸的。我们下午商量了一下，决定明后两天，由各队妇女副队长带领各队妇女，有组织地自由拾花；各队队长带领男劳力，在拾过自由花的地里拔花秆，把这一部分地腾清以后，先让牲口犁着，然后再摘那没有摘过三遍的花。为了防止偷花的毛病，现在要宣布几条纪律：第一，明天早晨各队正副队长带领全队队员到村外南池边犁过的那块地里集合，听候分配地点。第二，各队妇女只准到指定地点

① 秋杀地，秋收以后翻地。

拾花，不许乱跑。第三，谁要不到南池边集合，或者不往指定地点，拾的花就算偷的，还按社里原来的规定，见一斤扣除五个劳动日的工分，不愿叫扣除的送到法院去改造。完了！散会！”

大会没有开够十分钟就散了，会后大家纷纷议论：有的说：“青年人究竟没有经验！就定一百条纪律，该偷的还是要偷！”有的说：“队长有什么用？去年拾自由花，有些妇女队长也偷过！”有的说：“年轻人可有点火气，真要处罚几个人，也就没人敢偷了！”有的说：“他们不过替人家当两天家，不论说得多么认真，王聚海回来还不是平塌塌地又放下了！”准备偷花的妇女们，也互相交换着意见：“他想得倒周全，一分开队咱们就散开，看谁还管得住谁？”“分给咱们个好地方咱们就去，要分到没出息的地方，干脆都不要跟上队长走！”“他一只手拖一个，两只手拖两个，还能把咱们都拖住？”“我们的队长也不那么老实！”……

“新官上任，不摸秉性”，议论尽管议论，第二天早晨都还得到村外南池边那块犁过的地里集合。

要来的人都来到犁耙得很平整的这块地里来坐下，村里再没有往这里走的人了，小四、秀兰和副支书一看，平常装病、装忙、装饿的那些妇女们这时候差不多也都到齐，可是小腿疼和吃不饱两个有名人物没有来。他们三个人互相看了看，秀兰说："大概是一张大字报真把人家两个人惹恼了！"大家又稍微等了一下，小四说："不等她们了，咱们就按咱们的计划来吧！"他走到面向群众那一边说："各队先查点一下人数，看一共来了多少人。男女分别计算！"各个队长查点了一遍，把数字报告上来。小四又说："请各队长到前边来，咱们先商量一下！"各队长都集中到他们三个人跟前来。小四和各队长低声说了几句话，各个队长一听都大笑起来，笑过之后，依小四的吩咐坐在一边。

小四开始讲话了。小四说："今天大家来得这样齐楚，我很高兴。这几天，队长每天去动员人摘花，可是说来说去，来的还是那几个人，不来的又都各有理由：有的说病了，有的说孩子病了，有的说家里忙得离不开……指东画西不出来，今天一听说自由拾花大家就什么事也没有了！这不明明是自私自利思想作怪吗？摘头遍花能超过定额一倍的时候，大家也是这样来得整齐。你们想想：平常活叫别人做，有了便宜你们讨，人家长年在地里劳动的人吃你们多少亏？你们真是想'拾'花吗？一个人一天拾不到一斤籽棉，值上两三毛钱，五天也赚不够一个劳动日，谁有那么傻瓜？老实说：愿意拾花的根本就是想偷花！今年不能像去年，多数人种地让少数人偷！花秆上丢的那一点儿棉花不拾了，把花秆拔下来堆在地边让每天下午小学生下了课来拾一拾，拾过了再熏肥。今天来了的人一个也不许回去！妇女们各队到各队地里摘三遍花，定额不动，仍是八斤一个劳动日；男人们除了往麦地担粪的还去担粪，其余到各队摘尽了花的地里拔花秆！我的话讲完了！副支书还要讲话！”有一个媳妇站起来说：“副主任！我不说瞎话！我今天不能去！我孩子的病还没有好！不信你去看看！”小四打断她的话说：“我不看！孩子病不好你为什么能来？”“本来就不能来，因为……”“因为听说要自由拾花！本来不能来你怎么来的？天天叫也叫不到地，今天没有人去叫你，你怎么就来了？副支书马上就要跟你们讲这些事！”这个媳妇再没有说的，还有几个也想找理由请假，见她受了碰，也都没有敢开口。她们也想到悄悄溜走，可是坐在村外一块犁过的地里，各个队长又都坐在通到村里去的路上，谁动一动都看得见，想跑也跑不了。

副支书站起来讲话了。他说：“我要说的话很简单：有人昨天晚上要我把今天的分组检讨会布置一下，把检讨人和检讨什么告大家说，让大家好准备。现在我可以告大家说了：检讨人就是每天不来今天来的人，检讨的事就是‘为什么只顾自己不顾社’。现在先请各队的记工员把每天不来今天来的人开个名单。”

一会儿，名单也开完了，小四说：“谁也不准回村去！谁要是半路偷跑了，或者下午不来了，把大字报给她出到乡政府！”秀兰插话说：“我们三队的地在村北哩，不回村怎么过去？”小四向三队队长张太和说：“太和！你和你的副队长把人带过村去，到村北路上再查点一下，一个也不准回去！各队干各队的事！散会！”

在散会中间又有些小议论：“小四比聚海有办法！”“想得出来干得出来！”“这伙懒婆娘可叫小四给整住了！”“也不止小四一个，他们三个人早就套好了！”“聚海只学过内科，这些年轻人能动手术！”“聚海的内科也不行，根本治不了病！”“可惜小腿疼和吃不饱没有来！”……说着就都走开了。

第三队通过了村，到了村北的路上，队长查点过人数，就往村北的杏树底地里来。这地方有两丈来高一个土冈，有一棵老杏树就长在这土冈上，围着这土冈南、东、北三面有二十来亩地在成立农业社以后连成了一块，这一年种的是棉花，东南两面向阳地方的棉花已经摘尽了，只有北面因为背阴一点儿，第三遍花还没有摘。他们走到这块地里，把男劳力和高秀兰那样强一点儿的女劳力留在南头拔花秆，让妇女队长带着软一点儿的女劳力上北头去摘花。

妇女们绕过了南边和东边快要往北边转弯了，看见有四个妇女早在这块地里摘花，其中有小腿疼和吃不饱两个人。大家停住了步，妇女队长正要喊叫，有个妇女向她摆摆手低声说：“队长不要叫她们！你一叫她们不拾了！咱们也装成自由拾花的样子慢慢往那边去。到那里咱们摘咱们的，她们拾她们的！让她们多拾一点儿处理起来也有个分量！”妇女队长说：“我说她们怎么没有出来？原来早来了！”另一个不常下地的妇女说：“吃不饱昨天夜里散会以后，就去跟我商量过不要到南池边去集合，早一点儿往地里去，我没有敢听她的话。”大家都想和小腿疼她们开开玩笑，就都装作拾花的样子，一边在摘过的空花秆上拾着零花，一边往北边走。

原来头天晚上开会的时候，小腿疼没有闹起事来，不是就退出场外和吃不饱坐在一起了吗？她们一听到第二天叫自由拾花，吃不饱就对住小腿疼的耳朵说：“大婶！咱明天可不要管他那什么纪律！咱们叫上几个人天不明就走，赶她们到地，咱们就能弄他好几斤！她们到南池边集合，咱们到村北杏树底去，谁也碰不上谁；赶她们也到杏树底来咱们跟她们一块儿拾。拾东西谁也不能不偷，她们一偷，就不敢去告咱们的状了！”小腿疼说：“我也是这么想！什么纪律？犯纪律的多哩！处理过谁？光咱们两人去多好！不要叫别人！”“要叫几个人，犯了也有个垫背的；不过也不要叫得太多，太多了轮到一个人手里东西就不多了！”她们一共叫过五个人，不过有三个没有敢来，临出发只来了两个，就相跟着到杏树底来了。她们正在五六亩大的没有摘过三遍花的地里偷得起劲，听见有人说话，抬头一看，见三队的妇女都来了，就溜到摘过的这一边来；后来见三队的人也到没有摘过的那边去了，她们就又溜回去。三队的人都哈哈大笑起来。小腿疼说：“笑什么？许你们偷不许我们偷！”有个人说：“你们怎么拾了那么多？”“谁不叫你们早点来？”三队的人都是挨着摘，小腿疼她们四个人可是满地跑着拣好的。三队有个人说：“要偷也该挨住片偷呀！”小腿疼说：“自由拾花你管我们怎么拾哩？要说是偷，你们不也是偷吗？”大家也不认真和她辩论，有些人隔一阵还忍不住要笑一次。

妇女队长悄悄和一个队员说：“这样一直开玩笑也不大好。我离开怕她们闹起来，请你跑到南头去和队长、副主任说一声，叫他们看该怎么办！”那个队员就去了。

队长张太和更是个开玩笑大王。他一听说小腿疼和吃不饱那两个有名人物来了，好像有点幸灾乐祸的样子说：“来了才合理！我早就想到这些人物碰上这些机会不会不出马！你先回去摘花，我马上就到！”他又向高秀兰说：“副主任！你先不要出面，等我把她们整住了请你你再去！你把你的上级架子扎得硬硬的！”可是高秀兰不愿意那样做。高秀兰说：“咱们都是才学着办事，还是正正经经来吧！咱们一同去！”他们走到北头，队员们看见副主任和队长都来了，又都大笑起来。张太和依照高秀兰的意见，很正经地说：“大家不要笑了！你们那几位也不要满地跑了！”小腿疼又要她的厉害：“自由拾花！你管不着！”“就算自由拾花吧！你们来抢我三队的花，我就要管！都先把篮子缴给我！”吃不饱说：“我可是三队的！三队的花许别人偷就得许我偷！要缴大家都缴出来！”张太和说：“谁也得缴！”说着就先把她们四个人的篮子夺下来，然后就问她们说：“你们为什么不到南池边集合？”吃不饱说：“你且不要问这个！你不是说‘谁也得缴’吗？为什么不缴她们的？”“她们是给社里摘！”“我们也是给社里摘！”“谁叫你们摘的？”“谁叫她们摘的？”“对！现在就先要给你们讲明是谁叫她们摘的！”接着就把在南池边集合的时候那一段事给她们四个讲述了一遍，讲得她们都软下来。小腿疼说：“不叫拾不拾算了！谁叫你们不先告我们说？”“不告说为什么还叫到南池边集合？告你说你不去听，别人有什么办法？”小腿疼说：“算我们白拾了一趟！你们把花倒下，给我们篮子我们走！”

这时候，高秀兰说话了。她说：“事情不那么简单：事前宣布纪律，为的是让大家不犯，犯了可就不能随便了事！这棉花分明是偷的。太和同志！把这些棉花送回社里，过一过秤，让保管给她们每一个篮子上贴上个条子，写明她们的姓名和棉花的分量，连篮子一同保存起来，等以后开个社员大会，让大家商量一个处理办法来处理！”张太和把四个篮子拿起来走了，小腿疼说：“秀兰呀！你可不能说我们是偷的！我们真正不知道你们今天早上变了卦！”秀兰说：“我们一点儿也没有变卦！昨天晚上杨小四同志给大家说得明白，‘谁要不到南池边集合，拾的花就都算偷的’，何况你们明明白白在没有摘过的地里来抢哩？这是妨害全社利益的事，我们不能自作主张，准备交给群众讨论个处理办法！你们有什么话到社员大会上说去吧！”

小腿疼和吃不饱偷了棉花的事，等到吃早饭的时候就传遍了全村。上午，各队在做活的时候提起这事，差不多都要求把整风的分组检讨会推迟一天，先在本天晚上开个社员大会处理偷花问题——因为大多数人都想叫在王聚海回来之前处理了，免得他回来再来个“八面圆”把问题平放下来。两个副主任接受了大家的要求，和副支书商量把整风会推迟一天，晚上就召开了处理偷花问题的社员大会。

大会开了。会议的项目是先由高秀兰报告捉住四个偷花贼的经过，再要她们四个人坦白交代，然后讨论处理办法。

在她们四个人坦白交代的时候，因为篮子和偷的棉花都还在社里，爱“了事”的主任又不在家，所以除了小腿疼还想找一点儿巧辩的理由外，一般都还交代得老实。

前头是那两个垫背的交代的。一个说是她头天晚上没有参加会，小腿疼约她去她就去了，去到杏树底见地里没有人，根本没有到已经摘尽了的地里去拾，四个人一去，就跑到北头没摘过的地里去了。另一个说的和第一个大体相同，不过她自己是吃不饱约她的。这两个人交代过之后，群众中另有三个人插话说，小腿疼和吃不饱也约过她们，她们没有敢去。第三个就叫吃不饱交代。吃不饱见大风已经倒了，老老实实把她怎样和小腿疼商量，怎样去拉垫背的、计划几时出发、往哪块地去……详细谈了一遍。有人追问她拉垫背的有什么用处，她说根据主任处理问题的习惯，犯案的人越多了处理得越轻，有时候就不处理；不过人越多了，每个人能偷到的东西就太少了，所以最好是少拉几个，既不孤单又能落下东西。她可以算是摸着主任的“性格”了。

最后轮着小腿疼做交代了。主席杨小四之所以把她排在最后，就是因为她好倚老卖老来巧辩，所以让别人先把事实摆一摆来减少她一些巧辩的机会。可是这个小老太婆真有两下子，有理没理总想争个盛气。她装作很受屈的样子说：“说什么？算我偷了花还不行？”有人问她：“怎么‘算’你偷了？你究竟偷了没有？”“偷了！偷也是副主任叫我偷的！”主席杨小四说：“哪个副主任叫你偷的？”“就是你！昨天晚上在大会上说叫大家拾花，过了一夜怎么就不算了？你是说话呀是放屁哩？”她一骂出来，没有等小四答话，群众就有一半以上的人“哗”的一下站起来：“你要造反[①]！”“叫你坦白呀叫你骂人？”……三队长张太和说：“我提议：想坦白也不让她坦白了！干脆送法院！”大家一齐喊“赞成”。小腿疼着了慌，头像货郎鼓一样转来转去四下看。她的孩子、媳妇见说要送她也都慌了。

孩子劝她说：“娘，你快交代呀！”小四向大家说：“请大家稍静一下！”然后又向小腿疼说：“最后问你一次，交代不交代？马上答应，不交代就送走！没有什么客气的！”“交交交代什么呀？”“随你的便！想骂你就再骂！”“不不不，那是我一句话说错了！我交代！”小四问大家说：“怎么样？就让她交代交代看吧？”“好吧！”大家答应着又都坐下了。小腿疼喘了几口气说：“我也不会说什么！反正自己做错了！事情和宝珠说得差不多，昨天晚上快散会的时候，宝珠跟我说：‘咱明天可不要管他那什么纪律！咱们叫上几个人……’”

这时候忽然出了点小岔子：城关那个整风辩论会提前开了半天，支书和主任摸了几里黑路赶回来了。他们见场里有灯光，预料是开会，没有回家就先到会场上来。主任

① “造反”，《火花》发表时作“起反”。

远远看见小腿疼先朝着小四说话然后又转向群众，以为还是争论那张大字报的问题，就赶了几步赶进场里，根本也没有听小腿疼正说什么，就拦住她说：“回去吧老嫂！一点点小事还值得追这么紧？过几天给你们解释解释就完了……”大家初看见他进到会场时候本来已经觉得有点泄气，赶听到他这几句话，才知道他还根本不了解情况，“轰隆”一声都笑了。有个年纪老一点儿的人说：“主任！你且坐下来歇歇吧！‘没有调查就没有发言权’！”支书也拉住他说：“咱们打听打听再说话吧！离开一天多了，你知道人家的工作是怎样安排的？”主任觉得很没意思，就和支书一同坐下。

小腿疼见主任王聚海一回来，马上长了精神。她不接着往下交代了。她离开自己站的地方走到王聚海面前说：“老弟呀！你走了一天，人家就快把你这没出息嫂嫂摆弄死了！”她来了这一下，群众马上又都站起来：“你不用装蒜！”“你犯了法谁也替不了你！”……主任站起来走到小四旁边面向大家说：“大家请坐下！我先给大家谈谈！没有了不了的事……”有人说：“你请坐下！我们今天没有选你当主席！”“这个事我们会‘了’！”……支书急了，又把主任拉住说：“你为什么这么肯了事？先打听一下情况好不好？让人家开会，我们到社房休息休息！”又向副支书说：“你要抽得出身来的话，抽空子到社房给我们谈谈这两天的事！”

副支书说：“可以！现在就行！”他们三个离了会场到社房，副支书把他和杨小四、高秀兰怎样设计把那些光想讨巧不想劳动的妇女调到南池边，怎样批评了她们，怎样分配人力摘花、拔花秆，怎样碰上小腿疼她们偷花……详细谈了一遍，并且说：“棉花明天就可以摘完，今天下午犁地的牲口就全都出动了，花秆拔得赶得上犁，剩下的男劳力仍然往准备冬浇的小麦地里运粪。”他报告完了情况，就先赶回会场去。

副支书走了，支书想了一想说：“这些年轻人还是有办法！做法虽说有点开玩笑，可是也解决了问题！”主任说：“我看那种动员办法不可靠！不琢磨每个人的‘性格’，勉强动员到地里去，能做多少活哩？”“再不要相信你摸得着人的‘性格’了！我看人家几个年轻同志非常摸得着人的‘性格’。那些不好动员的妇女们有她们的共同‘性格’，那就是‘偷懒’‘取巧’。正因为摸透了她们这种性格，才把她们都调动出来。人家不只‘摸得着’这种性格，还能‘改变’这种性格。你想：开了那么一个‘思想展览会’，把她们的坏思想抖出来了，她们还能原封收回去吗？你说人家动员的人不能做活，可是棉花是靠那些人摘下来的。用人家的办法两天就能完，要仍用你那摸‘性格’的老办法，恐怕十天也摘不完——越摘人越少。在整风方面，人家一来就找着两个自私自利的头子，你除不帮忙，还要替人家‘解释解释’。你就没有想到全社的妇女你连一半人数也没有领导起来，另一半就咱那个小腿疼嫂嫂和李宝珠领导着的！我的老哥！我看你还是跟那几位年轻同志在一块‘锻炼锻炼’吧！”主任无话可说了，支书拉住他说：“咱们去看看人家怎么处理这偷花问题。”

他们又走到会场时候，小腿疼正向小四求情。小腿疼说：“副主任！你就让我再交代交代吧！”原来自她说了大家“捉弄”了她以后，大家就不让她再交代，只讨论了对另外三个人的处分问题，留下她准备往法院送。有个人看见主任来了，就故意讽刺小腿疼说：“不要要求交代了！那不是？主任又来了！”主任说：“不要说我！我来不来你们该怎么办还怎么办！刚才怨我太主观，不了解情况先说话！”小腿疼也抢着说：“只要大家准我交代，不论谁来了我也交代！”小腿疼看了看群众，群众不说话，看了看副支书和两个副主任，这三个人也不说话。群众看了看主任，主任不说话；看了看支书，支书也不说话。全场冷了一下以后，小腿疼的孩子站起来说：“主席！我替我娘求个情！还是准她交代好不好？”小四看了看这青年，又看了看大家说：“怎么样？大家说！”有个老汉说：“我提议，看到孩子的面上还让她交代吧！”又有人接着说：“要不就让她说吧！”小四又问：“大家看怎么样？”有些人也答应："就让她说吧！""叫她说说试试！"……小腿疼见大家放了话，因为怕进法院，恨不得把她那些对不起大家的事都说出来，所以坦白得很彻底。她说完了，大家决定也按一斤籽棉五个劳动日处理，不过也跟给吃不饱规定的条件一样，说这工一定得她做，不许用孩子的工分来顶。

散会以后，支书走在路上和主任说："你说那两个人'吃软不吃硬'，你可算没有摸透她们的'性格'吧？要不是你的认识给她们撑了腰，她们早就不敢那么猖狂了！所以我说你还是得'锻炼锻炼'！"

一九五八年七月十四日

1959 年

老定额①

和我接近的同志们常劝我在写人物的时候少给人物起外号。我自己也觉着外号太多了不好，准备接受同志们的意见，只是这一次还想写一个有外号的人物，好在只用一个，对其他人物一律遵照同志们的忠告。

这个人姓林名忠，在抗日战争中当过民兵中队长，合作化时期是星火农业社的主任，一九五八年星火社并入李家河人民公社成为“星火大队”，他仍被选为大队长。他原来没有什么外号，在当民兵中队长时期，虽然也有人把他叫作“豹子头林冲”，不过那只是临时凑趣，因为当时人们常把指导员李占奎叫作“黑旋风李逵”，既有了“李逵”就顺便又凑出个《水浒传》上的人物名字来，都取其与真名字的声音相近，并非什么性格相同。要说这些人当时的性格，连他们的队员在内都有点“神行太保”加“鼓

① 原载《人民文学》1959 年第 10 期。本书据《下乡集》。

上蚤”的风度——黑夜出发到四十里外破坏了敌人的铁路，不到天明还可以赶回家来睡觉。

林忠的外号叫“老定额”。这个外号的历史很短，在一九五五年才开始形成。这个外号，也可以说是批评，也可以说是称赞——原来是批评他的人送他的。合作化后期有些活儿按定额计算工分，的确有鼓励生产积极性的作用。例如林忠的妈妈在二十多年前就不到锅灶边去了，初行定额制这一年又重新做起饭来，让儿子、媳妇、孙孙、孙媳妇一同下地。这一年光林忠一家子就做了一千多个劳动日。可是什么事情也不应该讲究得过了分。林忠对于定额就有些讲究得太细了。例如锄头遍谷子（间苗），苗的稠、稀、高、低，在消耗劳力上确实差别很大，不过你要每块、每天都定一次额那就不会有一亩相同的。林忠就好在这类事情上穷讲究。有人说他是因为自己家里的劳动力多，怕吃了亏，他不承认。他说：“定额是管理生产的大关，一定得把守好！”这话有好多人赞成，可是反对的也不比赞成的少。反对的人说：“把住了大关是叫人过关过得舒服，不拥挤，不是叫你越把越啰唆，越叫人走得不痛快。”林忠不接受这种意见，仍然把大部分精力消耗在随时修改定额上，因此提意见的人就把他叫作“老定额”。

今年（一九五九年）六月十二日吃过早饭，林忠正在大队部（原来高级社的办公室）赶制一张割麦的定额表，党支书李占奎来找他。“忠哥！今天前晌还是先割白杨套的丰产麦吧！”“昨天夜里不是说过先割蜂腰岭的吗？”“今天早上天气预报说有雷阵雨。大家的意思还是先割好的！”“知道！雷阵雨在夜里，白天是晴转多云……”“夜里难道可以保证不下雹子吧？”“不！只差个前晌后晌！蜂腰岭的定额已经通过了，白杨套的定额我在前晌就可以算出表来，中午吃饭时候一通过，后晌就可以割！”“白杨套还要算什么表？我看哪一块也差不多，况且是早就包给了各小队的，让人家小队里自己定还不行？”“不行！去年各小队包的时候，谁也没有料到麦子能长得那么厚，连割带运，三倍的工也不够！”“超产越多，奖励也越多，还赶不出多误的工来？”“超产奖励是有个百分数卡着的，劳动日分的是各项收入的平均产值，那怎么能一样？”“照你那种计算法，分吃个烧饼还得数一数哪一块上有几颗芝麻！”……正争吵着，有个小队长进来问：“到底是割哪里的？”原来是大家听了天气预报都怕雹子打了丰产麦，才让党支书去找大队长改变计划的。党支书李占奎不想为了只争个前晌后晌叫这个小队长误会他和大队长不团结，就勉强放弃了自己的意见，向这个小队长说：“前晌就还割蜂腰岭的吧，后晌割白杨套的！”说着就和这位小队长相跟出来往地里去了。

林忠还有他个人的算盘：李占奎走后，林忠一个人嘟念着说：“没有定额怎么能行？同是一个白杨套，情况就不一样：一队和二队包的是前套，三队和我们四队包的是后套。一样的丰产麦，前套能用车子拉，后套得用扁担挑；包工包产时候，后套虽然多估了一些工，可是如今产量要超两三倍，工不是也要超两三倍吗？超产奖励的百分数一样，超了的工叫谁赔呢？……”他一边嘟念，一边继续造他的定额表。这张表可也真有要磨功夫的地方：白杨套的麦地，有大块塞沟地，有小块肋条地；有用铁锨翻过的，有用山地犁犁过的；有红白二色土的，有纯白土的；有风头高的，有风头低的……六十亩地就有二十多块，论产量从二百斤到千斤亩都有，不过都可以叫丰产地，其中有的可以通车，有的只能用扁担挑。他这张表上的项目是：地块名称、亩数、估产数、割工、运工五项。估产、估工确实得用点功夫——因为这些地在公社化以前从来没有长过这样好的麦子。他先在表格的第一、第二两列上填上了地块名称和亩数，放在一边，然后取过算盘和一纸便条来，按亩数估算每块地的产量。这项事情里搅着他个人的利害关系，弄得他很费脑筋——既怕自己的队吃了亏，又怕别的队里说不公。

林忠费了一个来钟头，把白杨套二十来块地里的产量都估算出来浮记在便条上，正拿过表来要往上填，没有想到就在这时候从门外不慌不忙走进个人来把他的工作打断。这个人有五十来岁年纪，两撇小八字胡须修剪得很整齐。他一揭门帘便客客气气地向林忠打了个躬说：“忙着哩，主任！”“主任”是林忠在星火农业社里的老职务，自从公社化以后被改选为大队长就很少有人这样称呼他了，不过总还有那么几个爱讲究排场的人，以为“主任”比“大队长”的气派大一点儿，所以还是那样称呼他，这个小老头就可以说是个代表——好在“大队”也叫“管理区”，按“管理区”来说，林忠仍然是“主任”。这个小老头叫李大亨，年轻时候常好给地主捧个场，可是地主们也看不起他；解放以后虽然对参加劳动十分不满，可是见了干部还偏要多说几句拥护新社会的话。他一进来，林忠就感到头疼，因为早知道他说一句真实话是要绕够一二百个弯子的。林忠说：“有事吗？”“有点事，主任！”“吃晚饭时候再谈吧，现在我要赶个东西！”“就是现在的事，马上不解决就不好办！”“什么事也得等到晚上！”“不行！停不住手！”“哪有那么要紧的事？什么事？”“主任不是常说‘什么事也得根据具体情况来决定办法’吗？现在有这样一个情况……”“直截了当说！有说什么就说什么！咱们三言两语解决问题！我还有要紧事哩！”“好！我是给公共食堂磨面的，就说磨面的事！”“磨面的什么事？你不要尽说帽子，说主要的！”“主任！不要着急！说话总得有个头绪……”林忠这时候，只得把笔插进套子里。

李大亨正要按着“头绪”讲，三队里有个叫蛹蛹的青年小伙子匆匆忙忙跑进来，因为跑得太快，进门来只顾喘气，马上还说不出话来。“蛹蛹”好像是个外号，其实是个真名。这个人在小孩子时期，长得皮紧肉满，初生两个月就会翻身，赤光光地在床上滚来滚去像个大蛹，他的妈妈成天叫他“蛹蛹”，直到长大也没有改名。现在虽然长到二十多岁，看他那浑身憨劲，还像个大蛹，是星火大队的第三小队的副队长。

李大亨见蛹蛹的来势甚猛，生怕他提出什么更重要的问题来抢了自己说话的机会，因此就趁他喘气的时候，先继续说自己的话：“主任是注重定额的。我要请示的也是个定额问题。”“你直截说问题好不好！”李大亨这回可真要直截说问题了——因为一来怕林忠生了气真不听他的，二来又怕蛹蛹插上话再轮不上他说。他说：“普通杂面，一百斤里边应该是多少玉米多少豆？”“还不是十五斤到二十斤豆吗？”“豆多了是不是还能磨够定额？”这倒把林忠问住了。林忠没有这个经验。蛹蛹插话说：“豆越多磨的面自然也越多！”李大亨翻了蛹蛹一眼说：“你懂我说的是什么？”蛹蛹说：“我十来岁上就常替我妈照磨，还没有磨过个杂面？”“小孩子家等听明白了再说话！你说的是面，我说的是工！你知道一盘磨一天能磨多少杂面？”“那要看用哪一盘磨，架哪个牲口！小孩子就什么也不知道了？那也要看什么样的小孩子！”

林忠见蛐蛐挫了李大亨的锐气，觉着问题比较容易解决了，就向李大亨说：“不是给你定过额吗？就是食堂门口那盘大磨，架上土黄骡再贴上个驴，不是六十斤面抵一个劳动日吗？”蛐蛐问：“六十斤？”林忠只顾看李大亨的神气，没有回答蛐蛐的话；李大亨在定额里讨着便宜，自然不肯理蛐蛐的话，不但不肯理，反怕蛐蛐再追问一句，因此不等蛐蛐再开口，就向林忠说：“可是司务长这次给发的粮是三七对，七十斤玉米三十斤豆，你说还能磨够吗？”林忠说：“那能差个什么？有捞鱼时候有晒网时候，成天磨就一样了。”李大亨见有蛐蛐这个小内行在场，不敢再争下去，准备作为接受了林忠的意见退出去，可是蛐蛐偏又冷冷地讽刺了他一句说：“便宜了还想便宜！”李大亨这样个爱脸面的人物，让蛐蛐这个毛孩子当面奚落一句，说什么也得再回一句，可是他又怕说得重了惹起事来，想了一阵，想出个好法子来是“且战且退”。他没有再向林忠说什么，一边转身向外走着，一边自言自语说：“不负责任的话谁也会说！”不料这句话恰恰惹出点事来。蛐蛐没有让他走脱，抢过去用两条粗胳膊把门一挡说：“我负责任：就是那盘磨，就是那土黄骡贴一个驴，就是那三七对的杂面，一个劳动日磨七十斤。你要包还先紧你包，你要不包我包！”李大亨一看蛹蛹那个劲头，想冲是冲不出去的，也只好再来一套软的：“蛹蛹！老汉有什么得罪你的地方，你提出来老汉赔情！咱们都是同锅吃饭，有什么过不去哩？”“老人家！我一点儿也没有跟你过不去的地方，不过咱们谁也不许哄公家。一个劳动日磨七十斤面，合理合法，公私两利！你磨你就磨，你不磨我磨！”林忠着急的是割麦的定额算不出来，想了个糊涂了事的办法说：“算了算了！不要斗嘴了！”蛹蛹说：“不是光斗嘴，差着十斤面哩！大队长你说上一句！是包六十斤合算，还是包七十斤合算？”林忠见蛹蛹绝有胜利的把握，就趁势逼了李大亨一下说：“大亨你说吧，蛹蛹愿意包七十斤。你要也愿意就还包给你，要不就让蛹蛹包了算了！”七十斤保证磨得够，况且不磨面就得上地，李大亨心里已经愿意了，只是话太不好说。林忠又催着说：“快点！一言为定！我还有别的事哩！”李大亨经这样一逼，忽然逼出一句很排场的话来。他说：“蛹蛹敢包难道我就不敢试一试？七十斤就七十斤！我也学一学‘大跃进！’”林忠见蛹蛹帮着自己完全击败了李大亨将他这一次军，满心舒畅地说：“好好好！谁也应该‘大跃进’！”李大亨正做表面光荣的退场，蛹蛹又加了句话说：“哪里用得着‘大跃进’？闭住眼睛也磨得够！稍稍起一点儿早，八十斤也磨得够！”李大亨怕蛹蛹再加码，没有敢再回话就走了。

李大亨走后，蛹蛹问林忠："他来干什么来了？"林忠说："来补领那十斤定额来了！"说了就哧哧地笑起来。蛹蛹接着也笑了。林忠说："你这小鬼可真沉得住气！"蛹蛹说："对这种人实在不能太客气！爱讨便宜的人也是常有的，不过不像他这种人除了找便宜再没有别的事！"林忠因为心里有事，无心对李大亨再做什么评论，就把话头转到询问蛹蛹的来意上："你怎么没有去割麦？""去来！我是从蜂腰岭回来的！""找我有事吗？""原来有事，现在又没有了！"蛹蛹说着，面上露出一点儿憨笑来。林忠说："小鬼又搞什么鬼？队里有问题了吗？""没有！"

林忠正有点纳闷，忽听得房背后似乎有车过去。林忠向蛹蛹说："你们队里又想用车子拉麦是不是？蜂腰岭的路不能走车！去年秋天二队拉粪不是差一点儿把一辆车子摔下崖去吗？""我们没有说要用车子！""你不要哄我！就你一个人来了呀，还有别人？""就我一个人！你不要乱猜，不是为那个！""那么谁在外边驾车呢？""没有谁驾车！大概是东院婶子和二奶奶给幼儿园的孩子们推着玩哩！"林忠又听了听，果然不见再响，也就不再追问。

林忠急着要造表，可是还没有问清楚蛹蛹的来意，就又接着问："蛹蛹！你到底来做什么？不要尽贪玩！"蛹蛹嘻嘻一笑说："也是定额问题！算了！说起来不光荣得很！蜂腰岭上我们队里的麦，叫羊蹬了两块，倒在地下不好割，有些人要求叫修改定额！”“有多少？”“一共不过二三亩地，多误上十来八分工，也跟李大亨说那一百斤杂面多加了十来斤豆子一样，提不到话下。我来的时候思想不正确，现在让李大亨这件事教训过来了。定额太细了很容易叫人尖薄。党团员、干部不愿吃一点儿小亏，就很难叫李大亨那些人不捣蛋！”

说话间又听得房背后车子响。林忠向蛹蛹说：“你说得对！烧的纸多惹的鬼多！我也觉得定额太细了有毛病了！你还到地里去吧！就说没有找见我！劝大家在小事情上厚道一点儿，不要惹人笑话！”蛹蛹答应着往外走，林忠又说：“出去到幼儿园告你二奶奶说不要推着那个废车玩，防忌轧了孩子们的脚！”打发蛹蛹走后，他看见桌上的表已经到十点四十分了，急得他一边搔头，一边拔开笔赶紧在表上填那些算好了的数字。

蛹蛹离开大队部，到大队部房背后的幼儿园来。他一进门孩子们就把他围上，有个孩子说：“大哥哥跟我们修房子玩！我们要修学校！”蛹蛹用手分开他们说：“大哥哥吃晚饭时候再跟你们玩！”二奶奶也趁过来劝孩子们说：“大哥哥有事哩！闲了再跟你们玩！”蛹蛹向二奶奶说：“二奶奶！大队长叫告你说不要让孩子们推着那辆废车玩，防轧了他们的脚！”“孩子们没有推着车玩呀！车轱辘前后都是砖垫着的！”孩子们自己也说没有推着玩，有个孩子指着车上垒好的积木说："这是我们的学校！"蛹蛹看了看，车轮是用砖垫着的，细看车辕、车盘一切都好好的，就问二奶奶说："这车没有坏了呀，怎么说是废车？"二奶奶说："什么也没有坏！是有了大轱辘车用不着它了！"正说着，又听见外边有车子过来的声音。蛹蛹说："这又是哪里的车响？"二奶奶侧着耳朵去听，又不响了。东院婶正在儿童食堂给孩子们蒸馍，隔着窗向蛹蛹说："不是车，是响雷哩！"蛹蛹扬起头向院里的天空一看，只有稀稀的几小团黑云，太阳还是那么亮，就说："不像是雷！"东院婶说："是！响了好几次了！""为什么是老闷音？""前晌响的雷就是这老闷音！你听！这不是又响哩？"就在这时候又响了一声。蛹蛹说："噫！就是雷！"

蛹蛹跑到外边向四周一看，西边的云重一点儿，但还不像马上就能下雨的样子，闷声闷气的雷声又从远处传来。他马上想到白杨套的丰产麦，又跑回大队部来。他在门口喊："大队长！响雷哩！西北边阴住了！"

"啊？"林忠一听说是响雷，连笔也没有顾上套住，摔在桌上就跑出来。他和蛹蛹跑到院外一个比较眼亮的地方向西北天上一看，远处的云边上一晃一晃闪着亮光，虽然在太阳光下还不太显亮，可是能断定西北的远处闪电打得很紧，好在离得太远，要不雷声就会连起来了。两个人正看中间，偏西的方向来了一次比较亮的闪电，停了一会儿又响起一声像在远处拉车的闷雷来。林忠说：“决定错了！该先割白杨套的麦！”“现在怎么办哩？”“叫四个队马上都转到白杨套去！定额等割了再评！”“好！我替你去传令！”蛹蛹说着就跑了。林忠叫住他说：“不行！还是我去！有些人还得说服！你给咱们在村里再动员些人，就说我说的，一切活儿都停下，全体出动到白杨套抢收丰产麦！告炊事员们说且不要做午饭，先烧些开水往白杨套送，等抢完了麦，后晌回来再做饭吃！”“行！我传达完了就到白杨套去！请你告我们队长说，让他把我的扁担和镰刀带到白杨套！我不到蜂腰岭去了！”说罢，两个人就分头走开。林忠回家去取上镰刀和扁担往蜂腰岭去。

蛹蛹先在一个房顶上用广播筒喊了一阵，又到各条街道上跑了一遍，果然又动员出几十个人来，连李大亨也把磨卸了参加了抢收队——因为他很清楚地里减了产有了工分也成空的了。

蛹蛹折腾了一阵，带着这个混成队往白杨套走，可是还没有走到往白杨套走的这条路上，就看见有二三十个人挑着麦子从白杨套出来；等他们走近了，才看见各队的人都有。担麦的碰上了他们，其中有人说：“已经有人回来过了吗？”蛹蛹说：“就我一个人回来过！大家不是都在蜂腰岭吗？你们几时往白杨套去的？”二队队长说：“天气不好！大家看见西北方向打闪电，支书就叫转到白杨套去了！支书说叫我回来跟大队长说说再动员些人。大队长哩？”“大队长到蜂腰岭叫你们去了！能动员的人都动员来了！就是大队长叫动员的！”挑着担子说话不能站得太久，二队队长听明白了蛹蛹的话，就和蛹蛹分了手。蛹蛹回头喊：“我的镰和扁担哩？”“都替你带到白杨套了！”二队队长远远地回答。

这个混成队进了白杨套，早见各队包种的麦地里都有人。蛹蛹说：

“分开吧！各队的人各自归队！”说着就都分开了。支书李占奎在三队。他正和大家割得起劲，见又增加了人，觉着林忠办事真快，马上就把人动员来了。他以为既然把别人都动员来了，林忠一定来了，于是就到四队的地里来找林忠。他跑到四队的地里，没有发现林忠。他问：“大队长哩？”有人回答说“没有见”，可是这句话还没有落音，就听得土崖上边有人答应说：“来了来了！李占奎抬头一看，见真是林忠，就问他说：“你怎么从高处来了？”林忠笑了笑说：“非从高处来不行！你们不也是从这高处来的吗？”原来从蜂腰岭往白杨套走，数这条路近，要是打村里去绕一下，要比这条路远一倍还多。李占奎决定转移割麦队伍所以没有回村去和林忠商量，也正是因为怕走路耽误了时间。

林忠见了李占奎，说明了从高处来的原因以后，就商量抢收的措施。林忠问："你看中午不收工，割到下午四五点钟能不能割完？"李占奎说："麦很厚！平均割一亩得四个工。现在连后来的几十个人，一共不过二百四五十个人，光割也得一天，不说运输！依我说打乱了队先紧最好的割，能割多少算多少；把咱们在家的牲口一齐用上，能驮的驮，能拉的拉，再加上人挑，先把好的抢回去，万一下了冰雹，也只让它打次的！"

这时候，雷声更近了一点儿，林忠就按李占奎说的办法下了命令，各队的人就都集中在几块最好的麦地里，仍由各队队长指挥着割，并且把体力最壮的小伙子们选出来挑担子，把老年人选出来赶车运送。

大队长林忠在对敌斗争时期是破路英雄，一个人能扛起一条铁轨来。他虽然已经快五十岁了，仍然自告奋勇挑担子，并且用绳子把两捆麦子捆在一起，一个人挑四捆。青年小伙子们不服劲，也都挑四捆，蛹蛹说四捆还不够他挑，可是扁担只有那么长，再多了挑不住。

蛹蛹见老汉们赶着车拉，就想起幼儿园那一辆废车来。他和另一个青年去把那一辆废车拖出来，驾上绳套用人拉，两个人一车能拉二十捆。有个青年和蛹蛹开玩笑说："牲口不够用了，又驾了个大'蛹蛹'！"

天已经过了吃午饭时候，大家因为怕雹子打了麦，也不觉着饿，只是渴得要命。四个炊事员挑得开水来，大家暂时歇了手来喝水——和开饭一样，由炊事员分派。大家喝着水、听着雷声、议论着雨下得来下不来。有人说："雨转到北边去了，可能下不来！"大家正望着北边的云头看动向，西边的山头上突然闪了一道亮光，接着山摇地动地响了一声雷。大家听了，好多人都放下碗站起来说："快抢吧！雨要来！"

这时候的人们，已经跟打仗的冲锋时候一样了：有的摔掉了草帽，有的脱去了布衫，所有的镰刀都闪着亮光，好像人也在飞、镰刀也在飞、麦子也在飞，白杨套的麦地里好像起了旋风，把麦子一块一块吹倒又吹成捆；从白杨套往村子里去的路上，牛车、骡车、驮子、担子在宽处像流水，到窄处像拧绳，村边打麦场上的麦垛子一堆一堆垒起来。

林忠毕竟年纪大了一点儿，挑了两遭觉着腰板有点不得劲，就在场上帮着大家把麦垛成堆。为了不妨碍打麦，按习惯是把初运回来的麦子垛在场边上，而且是穗朝里垛成一排，好像一人来高的矮墙。林忠开头也是这样垛，后来雷响得更紧了点，他想到万一下了雹子，把麦子打落在场上，雨大了还是能冲跑了，因此他就又发明了个新垛法：垛成两层，外层的根茬朝外、里层的根茬朝里，把穗夹在中间，任凭多么大的雹子也不会打着穗。他用这种新办法垛了一列，西边飞来的云头已经挡住了偏了西的太阳，看样子雨来得要比他们收割得快。他一着急，又想出了更妙的办法来。他想：“照这种新的垛法，把麦子捆垛在地里也能挡住冰雹！”得着了新主意，马上就下紧急命令：“一律停运！先割先捆，就地垛起！”他留了一个人在场上告诉运麦的运来这一遭都把牲口车辆送回去返转到地里去割，自己先跑到地里和支书李占奎商量，使用这个救急办法。

这个办法用上了，白杨套的割麦队伍大起来，一块块地里的麦垛子也站起来。

旋风般的割麦大队，先割完了几大块塞沟地里的千斤亩，然后逐块往外旋，从上午十点到下午三点，不过五个钟头，就把六十亩丰产麦割倒了四十五亩；要按林忠那张定额麦上估的产量，六十亩一共三万斤，这四十五亩就占到二万七千斤，剩下的不过是一些二百斤亩。

这时候，天阴得更重了，乌云低得好像就要碰着白杨套后边的山顶，一阵凉风吹过来，吹散了没有赶上捆好的麦铺，一声霹雳过后，吧嗒吧嗒落下来些稀密不匀的大雨点。林忠在这时候又下了紧急命令：“安全要紧！大家立刻停止！马上回去！”

打发大家上了路，林忠、李占奎和一些党团员、积极分子们冒着雨把割倒了没有捆起来的麦子捆好、垛起，也就都跑回去了。

这一天，幸而没有下雹子，只下了一阵大雨，大雨过后，云散天晴。这时间才是下午五点钟，夏至前后的白天长，太阳仍然很高。

开饭了。本来准备吃面条，因为改了吃饭时间，和起来的面发了酵，就改成了烧饼、茄子菜。饭前，支书李占奎和林忠接过头，就在食堂的饭厅里鼓励大家说："咱们今天的成绩很大，五个钟头比一整天干的活都多！刚才和大队长商量，决定吃过饭不再做活，让大家痛痛快快休息一下，明天再去搬运咱们的丰产麦子！"

在大食堂的饭厅上吃饭是自由碰座，老年人爱找老年人，孩子们爱找孩子们。林忠、李占奎和从前跟他们在一块当过民兵的几个小老头常常碰伙占一个桌子。这一次吃饭时候，一个爱和林忠开玩笑的人说："'老定额'哥！咱们今天的定额该怎么算呢？"林忠说："别人的以后再研究，你的算成义务工好了！""你倒很大方！你的呢？""我的也算义务工！"另一位很正经地说："说真的，今天的工就是很不好记账。"林忠说："有什么难记的？这是一次突击抢收，按每个人的底分记还不行？能把咱们的丰产麦抢到手就是很大的便宜！记个工分，吃亏便宜能差多少？"原来和他开玩笑的那个说："这话真不像你这'老定额'说的呀？你一家出动着四个劳力，难道不嫌吃亏吗？”另一个比他年纪大一点儿的说：“我这几年才成了落窝鸡儿吧，从前还不是能飞能跳的来？咱们跟他去破坏敌人铁路的时候，你问他拧一个道钉多少定额？抬一条铁轨多少定额？挖一方路基、搬一根枕木又都是多少定额？没有定额的事情他干过的并不太少啊！”原来那一位说：“那是什么时候，如今是什么时候？”支书李占奎原来在一旁听着他们斗嘴只是笑，及至听到这里，他就插上话。他说：“那是革命时候，如今还是革命时候！”“民主革命时候还能跟社会主义建设时候一样吗？”“谁说完全一样？从前没有定额如今不是有了定额了吗？可是有了定额也不是就不要革命精神了！”……他们就是这样半开玩笑半辩论着吃过了这顿烧饼。

饭后，林忠回到队部，套住他放在桌上已经干了尖的水笔插进自己的衣口袋里，拿起那张未完成的定额表来看着说：“尽在这上边打小算盘，真是他妈的落窝鸡！”说着便揉了一揉丢进字纸篓里。

一九五九年九月十一日

1960年

套不住的手[1]

白云岗公社大磨岭大队有个教练组，是高级社时期就成立了的，任务是教初参加农业生产的人们学技术。当一九五六年高级化的那一会儿，有些素不参加农业生产的妇女和青年学生被动员参加了农业生产，做的活很不合规格，主任陈满红提议组织一个教练组，选两个做活质量最高的老农民当教师，选一部分产量不高、做不好也不太可惜的地作为教练场，来训练这些人。这个建议经管理委员会通过后，就把大磨岭顶上的几十亩薄地和南边沟里几块小园地选为教练场，又选了两个教师——一个是主任陈满红的父亲陈秉正，另一个是种园地的老人叫王新春。陈秉正兼任组长，王新春兼任副组长，组员是流动的，经常分配在各小队，遇上了教练自己不会做或者做不好的活计的时候才来学。训练的对象虽说是初参加生产的人，可是也

① 原载《人民文学》1960 年第 11 期。本书据《下乡集》。

有例外：第一是经常参加生产而对于某一种活计做得不好的，在教练那种活计的时候，自动报名来学习；第二是对某种活计做不好或者能做好也不做好的人，经小队评议为需要学习，就送来学习——在学习期间，每个劳动日是打六折记工分的。故意不做好活被送来学习也可以算是一种小小的惩罚。

组长陈秉正已经是七十六岁的老人了。按一般惯例，这样大岁数的人本来早就该不参加主要劳动，可是这老头身体特别强健，在年轻时候一个人可以抵一个半人做活；如今虽说老了，一般青年小伙子还有点比不上他。一九五八年冬天，公社化后，大磨岭算一个大队，大队长仍选的是陈满红。大队成立起敬老院，经过评议，请陈秉正老人退休入院。这老人只进去了三天，就觉着只做那些揭麻皮、拣棉花之类的轻微劳动，有气力没处使，所以又自动要求出院，依旧当他的教练组长。

陈秉正老人的老技术，不但在大磨岭是第一，就整个白云岗山区来说也是曾被评为特等模范的。经他手垒过的石头地堰，从来也不会塌壑儿；经他手压的熏肥窖，从来也不会半路熄了火；至于犁、种、锄、收那些普通活计，更是没有一样会落在马下的。

他在教练组里教人做活，不但要要求规格，而且首先要教架势。他说架势不对就不会做出合乎规格的活儿来。

例如锄二遍地，他要求的架势是：腰要弯到一定的度数；一定要斜身侧步，不许乱动脚；两手要攥紧锄把，叫每一锄下去都有准，不许让锄头自己颤动。规格是：一定要锄到庄稼根边，不许埋住生地皮；在庄稼根上拥土，尽可能做到整整肃肃三锄拥一个堆，要平顶不要尖顶。在开始教的时候，他先做榜样，让徒弟们在一边跟着看。他一边做一边讲，往往要重复讲十几遍，然后才让大家动手他跟着看。因为格律太多，徒弟们记着这样忘了那样，有时腰太直了，有时候步子乱了，有时候下锄没有计划，该是一下就能办的事却几下不得解决问题……陈秉正老人不住口地提醒着这一个，招呼着那一个，也往往随时打断他们的工作重新示范。

有个人叫郝和合，半辈子常是直着腰锄地，锄一锄，锄头蹦三蹦，锄头蹦到草上就锄了草，蹦到苗上就伤了苗。教练组成立以后，小队里评议让他到组里受训。他来的时候，老组长陈秉正照例教给他锄地的架势，只是这个人外号“哈哈哈”，带几分懒汉性，弯下腰去锄不了几锄就又直起腰来。陈秉正这老人也有点创造性，第二天回去把自己家里闲着的一个锄头，安了三尺来长一个短把子给郝和合说：“你这弯不下腰去的习惯，只有用这短把子锄头，才能彻底改正。”郝和合一换锄头果然改正了，因为三尺来长的锄把，要不弯腰，根本探不着地皮。后来各小队知道了这个办法，都准备了几张短把锄头，专门叫给那些没有弯腰习惯的人用。

徒弟们练架势练得累了，老组长陈秉正便和他们休息一阵子。相隔八九段梯田下边的沟岸上，有副组长王新春领着另一批徒弟在那里教练种园地。在休息时候，上下常好打个招呼，两个老人好到一块吸着旱烟闲谈一会儿；徒弟们也好凑在一处读一读小报，或者说说笑笑。陈秉正一见王新春就伸出手来和他握手，王新春却常是缩回手去躲开。王新春比陈秉正小十来岁，和陈秉正很友好，就是怕和他握手，因为一被他握住像被钳子夹住那样疼。

有一次休息的时候，陈秉正叫王新春上去吸烟。陈秉正是用火镰子打火的，王新春说：“烧一堆柴火吸着多痛快！”一个新参加学习的中学生听说，忙帮他们在就近捡柴，却找不到什么东西，只捡了二寸来长两段干柿树枝。王新春笑了笑说：“不用找！你陈家爷爷有柴！”那个学生看了看，没有看到什么柴。陈秉正老人也说了个“有柴”，不慌不忙放下火镰子，连看也不看，用两只手在身边左右的土里抓了一阵，不知道是些什么树皮皮、禾根根抓了两大把；王新春老人擦着洋火点着，陈老人就又抓了两把盖在上面。那个学生看了说：“这个办法倒不错！”说着自己就也去抓。陈老人说：“慢慢慢！你可不要抓！”可是这一拦拦得慢了点，那个学生的中指已经被什么东西刺破了，马上缩回手去。王新春说：“你这孩子！你是什么手，他是什么手？他的手跟铁耙一样，什么棘针蒺藜都刺不破它！”

那个学生一边揉着自己的中指，一边看着陈老人的手，只见那两只手确实和一般人的手不同：手掌好像四方的，指头粗而短，而且每一根指头都展不直，里外都是茧皮，圆圆的指头肚儿都像半个蚕茧上安了个指甲，整个看来真像用树枝做成的小耙子。不过他对这一双手，并不是欣赏而是有点鄙视，好像说“那怎么能算‘手’哩”。

学生的神情，两个老人都看出来了。陈秉正老人没有理他，只是自豪地笑了一下就拿起自己的旱烟袋来去吸烟，王新春老人点着烟之后却教训起这个青年人来。他说：“小伙子！你不要看不起那两只手！没有那两只手，咱们现在种的这教练场恐怕还是荒坡哩！这山是地主王子裕的，山顶上这十几段地，听老人们说从光绪三年就荒了，一直荒到宣统三年。当年间我们两家都没有寸垄田地，他给王子裕家当长工，我给王子裕家放牛。后来他来这里开荒，我长大了从放牛孩子升成长工，跟着老领工在大河滩学着种园地。这些地都是他老哥和咱们现在的大队长他们父子俩一镢头一镢头剜开、一条堰一条堰垒起来的。没有那两只手，这里还不是一片荒坡吗？”

那个学生虽然对他自己那种鄙视的表情有点后悔，

可是他除了不愿当面认错，反而还自我解嘲地说：“怨不得我们学习得慢，原来就没有那样的手！”

陈秉正老人一本正经地教训他说：“是叫你们学成我这手，不是叫你们长成我这手！不是开山，我这手也长不成这样；不过上辈人把山都开了，以后又要机械化了，你们的手用不着再长成这样了！”

陈老人虽然不希望别人的手长成那样，可是他对他自己已经长成那样的一双手，仍然觉着是足以自豪的。他这双手不但坚硬，而且灵巧。他爱编织，常用荆条编成各色各样的生产用具，也会用高粱秆子编成各色各样的儿童玩具。当他编生产用具的时候，破荆条不用那个牛角塞子，只用把荆条分为三股，把食指塞在中间当塞子，吱吱吱……就破开了，而他的手皮一点儿也磨不伤；可是他做起细活计来，细得真想不到是用这两只手做成的。他用高粱秆子扎成的“叫哥哥”①笼子，是有门有窗又分楼上楼下的小楼房，二寸见方的小窗户上，窗格子还能做成好多不同角度的图案，图案中间的小窟窿，连个蜜蜂也钻不过去。

土改以后，经过互助、合作一直到公社化了，陈秉正老汉家里的收入也丰裕起来了。一九五九年冬天，儿孙们

---

①“叫哥哥”，蝈蝈。

为了保护老人那双劳苦功高的手，给他买了一双毛线手套。他接过来一看说："这双手可还没有享过这个福！"向手上试着套了一套，巴掌不够宽，指头也太细、太长，勉强套上去，把巴掌那一部分撑成方的了，指头的部分下半截都撑粗了一点儿，上半截却都还有个空尖儿。儿子陈满红说："慢慢用着就合适了！"老人带好了握了握、伸了伸说："还好！"说罢，卸下来交给满红媳妇说："暂且给我放过去吧！"满红媳妇说："爹！你就戴上走吧！到地里手不冷？"老人说："在沟里闸谷坊，戴上它搬石头不利落！"说着就放下走了。以后谷坊闸完了，别的活儿又陆续接上来——铡干草、出羊圈、窖萝卜、捶玉米……哪一种活儿也不好戴着手套做，老人也就忘了自己还有一双手套。

一天，白云岗有个物资交流会。满红媳妇劝老人说："现在这些杂活计又不用你教多少技术，你还是休息一天去逛逛会吧！"老人答应了。老人换了一件新棉袄，用新腰带束住腰。满红媳妇说："这回可戴上你的手套吧！"说着把手套给他拿出来，他戴上走了。

大磨岭村子小，没有供销分社。老人穿着新衣服、戴着手套打街上走过，村里人见他要到白云岗去，就有些人托他捎买东西，东家三两油、西家二斤盐，凑起来两只手就拿不了，借了邻家一个小篮子提着。他走到白云岗，逛了半条街，走到供销社门口，把给别人捎买的日用品买全了又向前走，刚走过公社门口，看见山货部新运来一车桑杈，售货员忙着正往车下搬。这东西在这地方已经两年不见了，不论哪个队原有的都不够用。他以为机会不可错过。他自己身上没有带钱，想起满红在公社开会也许有带钱。他跑到公社向满红一说，满红说：“噢！哟！那可是宝贝，赶快买！”说着从口袋里掏出五十块钱来递给他。老人拿上钱就到山货部来挑桑杈。老人对农具很讲究，从来见不得有毛病的。他把手套卸下来往怀里一装，拿起一柄桑杈头放在地上试看三股子平不平、有力没力、头正不正、把弯不弯。他连一柄还没有看完，就来了十来个人，每人拿着一柄看；转眼工夫，买杈的越来越多，连在公社开会的大队长们也暂时休了会出来买杈。这些人也不挑三拣四，问明了价钱就拿。陈秉正老人见情况紧张起来，也不敢再按自己的规格挑选，胡乱抢到手五柄，其余的就叫别人拿完了。他付了钱，把杈捆起来扛上，提起小篮子来挤出山货部，因为东西够拿了，他也无心再逛那半条街，就返回原路走出白云岗村。一出了村，他觉得人也不挤了、路也宽敞了，这才伸手到怀里摸他的手套。他摸了半天只有一只；放下篮子和桑杈，解开腰带抖擞了一下，也仍然不见那一只。他知道一定是丢在山货部里了。他想：“丢就丢了吧！拿上它也没有多少戴它的时候！”于是他又束好了腰、扛起桑杈、提起小篮子继续往家走；可是走了不几步，就又想到“孩子们好心好意给买上了，丢了连找也不找一趟，未免对不起他们”，这才又扭回头来重新返回白云岗物资交流大会上的山货部来。幸而售货员早已给他拾起来放在账桌上，见他来找就还了他。

隔了好久，陈秉正老人又被评选为本年的劳动模范，要到县里去出席劳模大会。这自然又该是他戴一次手套的时候。他除换上新棉袄和新腰带外，又把他的手套戴上。

大磨岭离县城四十里，冬天的白天又短，陈秉正老汉从吃过早饭起程，直走到太阳快落山才到。这一天只是报到的日期。老人到县后，先找着报到处报了名、领了出席证，然后就去找晚上住宿的招待所。他半年没有进县城，县城里已经大变了样——街道改宽了，马路也压光了，他们往年来开会住的破破烂烂的招待所，已经彻底改修成一排一排崭新的砖瓦房了。他进入招待所的时候，天已经黑了，后边几排房子靠甬道两旁的窗户里都闪出灯光，一看就知道里边已经住下了人。前三排的窗户，也有明的，也有黑的。他到传达室登记了名字，招待员领他往西二排五号去。他走到西二排，见只有最西边的六号房间窗上有灯光，其余都还是黑的；脚底下踩着些软一块硬一块的东西，也不知道是些什么。招待员向他说：

“小心点老人家！这房子刚修好，交了工还不到一礼拜，院子还没有清理完哩！——这边些，那里是个石灰池！——靠墙走，那里还有两截木料……”走到五号门口，招待员开了门先进去开了灯，才把老人让进去。老人一看，房子里挺干净，火炉子也燃得很旺，靠窗前一张桌子、两把椅子、一条板凳，后边靠东西墙一边排着两张床，门窗还不曾油漆过，墙好像才粉刷了，经火炉子一熏还有点湿味儿。老人看了看床位说：“一个房间住四个人吗？”招待员说：“四个人！”“这次会议住得满住不满？”“都来了差不多住满了！路远的还没有赶到哩！你休息一下吧！我给你打水来洗洗脸！”一会儿，招待员打来了水，老人洗着脸，路远的人也陆续来着，西二排的房子就也都住满了。五号房间除了老人以外，又住了三位青年，老人和他们彼此做了自我介绍。

会议一共开三天半，老人又是听报告，又是准备发言，和大家一样忙个不了，直到第四天上午听罢了县委的总结报告，才算了结了一宗事。下午，离县城近一点儿的就都回村去了，路远的就得再住一宿。陈秉正老人离家四十里，说远也不算远，说近可也不近，要是青年人，赶一赶也可以在天黑赶到，老人究竟是上了年纪的人，不想摸黑，也就准备多住这半天了。

吃过了午饭，住下来的人们差不多都想上街逛逛。老人回到西二排五号房间里，见和自己同住的三个青年，陪着四号一个人打扑克玩。老人问："你们不上街去？"一个青年回答说："你先去吧老爷爷！我们过一会儿去！"老人束上腰带，戴上手套，便走出房间。因为院里两截剩余木料碍着路，走过四号门口，便得擦着三号的墙根走，他总觉着太不顺当。他想："把它转过一边不就好走了吗？可是转到什么地方好呢？"他蹲在四号门边来看空子，觉着只有转到石灰池的南边好一点儿，看准了，把手套卸下来放在阶台上，就来动手转木料。这一截木料是截去两头、中间留下来的一段盘节，又粗又短又弯又扁，很不好转动。老人很费了点气力才掀起来，转了一个过就又跌死了。老人想找个帮手，敲了敲四号的门，四号的人都出去了，这才又回到五号来向那几个青年说："同志们！你们帮一下，咱们把院里那两截木头转到一边让走路痛快点好不好？""好！我昨天还试了一下，没有转动。"一个青年答应着，放下手里的牌，其他三个也都同声答应着站起来往外走。老人趁空子解了腰带脱下他的新棉袄来放在床上，就跟着走出来了。

老人和青年们一同去转动木料，一个青年拦住他说："你歇歇吧！不够我们转！"短短一截木头，四个人就护满了，老人插不上手，只好让他们转，而自己去搬动另一截。青年们把那一截粗而短的转过去，回头看见老人搬动另一截，一个青年又拦住他说："老爷爷你歇歇吧！这一截可以抬起来走。”另一个青年就走过来和这个青年抬。这一截比那一截长一点儿，可是一头粗一头细，抬细头的抬起来了，抬粗头的吃劲一托没有动，连声说“不行不行”，就放了手。抬细头的见他抬不起来，正要往下放，老人说：“我来！”说着弯下腰去两手托住，两腿摆成骑马架势，两肩一耸，利利落落抬起来。起先来抬的那个青年，看着另外一个青年竖了竖大拇指头，然后两个人一齐抢过来接住说：“老爷爷真行！你上年纪了，还是我们来吧！”

一个招待员提着茶壶来送水，见他们抬木料，忙说：“谢谢你们！我们来吧！”“算不了什么！”“在开会以前，我们只剩前三排院子没有赶上清理完，开会期间又顾不上做它，等明天早晨你们一走，我们几个人用不了两天就清理完了！”陈秉正老人说：“为什么要等到我们走了才做呢？我们的会开完了，现在不是正好帮你们清理院子吗？”招待员说“不便劳驾”，陈老人和青年们说“完全可以”，其他房间里还没有上街的同志们听见谈到帮助招待员清理院子，大家都从房间里走出来表示同意。招待员见这情况，赶忙去问经理，大家不等他回来，就去找清理院子的工具。前三排还没有清理，工具就放在东四排的院子里，被他们找来铁锹、扫帚、筐子、抬杆一大堆，马上就动起手来。陈老人要抬筐子，大家看见他的长白胡须，说死说活不让他抬，他也只得拿起扫帚跟着大家扫院子。劳模总是劳模，前三排没有走掉的人见西二排这样做，大家也都仿照着做起来。不大一会儿，招待员把招待所经理找来了。经理劝大家休息劝不下去，也就只好号召事务员、会计和每个招待员全体总动员和劳模们一齐参加劳动。大家用铁锨拢着院里的残砖、破瓦、树皮、锯屑等类的零乱东西，陈老人跟在后边扫地。老人从西二排院子的西南墙角落上扫起，面朝北一帚沿一帚排过来，扫到六号窗下，看见窗台上还有泥块、刨花，把扫帚伸上去，因为地方小扫不着，就放下扫帚用他那两只磨不破的手往下扒拉。他又顺东看去，只见每个窗台上都有。他沿着六号、五号、四号……把每一个窗台都先扒拉干净，然后返回西头来继续扫院子。

人多好做活，不过个把钟头就把六个院子都清理完了，垃圾都堆在大甬道的两旁，成材的东西都抬到存剩余材料的后门外，只等夜间有卡车来装载。老人对这成绩欣赏了一阵，觉着这样一清理，走步路也痛快得多。经理、事务员、会计、招待员们一齐给劳模打水洗手脸。大家洗过之后有些人就上了街，陈老人重新穿起新棉袄，束住了腰，伸手去戴手套，才发现又把手套丢了。他顺口问那几个青年说："你们打扫时候可见过一副手套吗？"有一个答应说："没有见！你放在哪里来？""放在四号门口的阶台上！”另一个青年说：“有来！我们拢着拢着，看见一团刨花里好像有一只手套沾满了泥土。我还当是谁扔了的一副破手套哩！”“对！可能是我把四号窗台上的刨花扒拉下来埋住了它，你们没有看见，给拢到泥土里去了。”老人跑到甬道旁边的垃圾堆里来找，可是光西二排的垃圾就抬了几十筐，怎么会马上找到呢？

一个招待员看见了就问：“老爷爷你找什么？”“我的一副手套拢到这里边去了！”“准在吗？”“准在！”“准在你上街逛去吧，我们给你找！”“不要找它了吧！手套给我没有多大用处！”老人干脆放弃了。

老人逛了几道街，除看了看半年以前还没有的一些新建筑外，别的东西也无心多看。他想：“我也不买什么，也不卖什么，净在这些店铺门口转什么？”想到这里，也就回招待所来了。他回到招待所，天还不黑，同房间的青年们都还没有回来。一个招待员给他开了门，告诉他说手套找到了。他到房间里一看，静静的火炉子依旧很旺，招待员已经给他把手套洗得干干净净的，搭在靠近火炉的一个椅背上，都快烘干了。

第二天他回到家，换过衣服之后便把手套还给满红媳妇说：“这副手套还给你们吧！我这双手是戴不住手套的！”

1961年

实干家潘永福①

潘永福同志和我是同乡不同村，彼此从小就认识。他是个贫农出身，年轻时候常打短工，体力过人，不避艰险，村里人遇上了别人拿不下来的活儿，往往离不了他。抗日战争开始以后，他参加了革命工作，在行政上担任过村长、区助理员、区长、县农林科长、县农场场长、县采购站长；在党内是县委会委员，曾担任过县委农村工作部副部长；在群众团体中，担任县工会主席，现在还是。从他一九四一年入党算起，算到现在已经是二十年了。在这二十年中，他的工作、生活风度，始终是在他打短工时代那实干的精神基础上发展着的。

我对他生平的事迹听得很多，早就想给他写一篇传记，可是资料不全。今年一月份，我到沁水县去，又碰上了他，因为要写这篇传记，就特地访问了他几次。我访问

---

① 原载《人民文学》1961 年第 4 期。本书据《下乡集》。

他的目的，不过是想把我知道的事了解得更具体一点儿，可是一谈之下，他附带谈出来的事都是我不曾听到的，而且比我知道的那些事更重要。这时候，我觉得写他的全传不太容易，就准备只记一些大事，题目就写为《潘永福大事记》。这几次访问，在他的谈话中又发现有一些新的关节还要请他补充，可惜他要下乡我也要下乡，两个人下的不是一个乡，就把这访问停下来。现在三月初，我到晋东南专区（长治市）来参加一个会议，他也来参加另一个会议，又住在同一个宾馆，我便继续在会议的空隙中访问他。从这几天访问中，我发现我改拟的题目还不合适，因为他补充的新事，更比我原来听到的“大事”“大”了。这也难怪：在我看来是了不起的大事，在他的工作和生活中已经习以为常，要不从闲谈中以话引话慢慢引出来，有些事他还猛一下想不起来。这正是他的品格高超处，我愿向他学习。他已是五十六岁的人了，从他十六岁算起，所干过的不平常的事，即以每年十件计算，四十年也该有四百件，想要他都谈出来，他也谈不完，我也记不完，而已经谈出来的也不见得比没有想起来的还“大”，所以只好不那样命题而改为现在这个题目，有些事他做过而一般做地方工作的老同志也都做过（如抗旱、灭蝗、土改、民兵等项），别人也写过。关于这一类事，我就暂且不写在这篇文章里。

以下便该书归正传。

慈航普渡

一九五八年秋天，潘永福同志任中共山西阳城县委会（当时阳城、沁水两县合并，后来又分开了）农村工作部副部长，要赴沁水北边的一个名叫“校场”的村子去工作。这地方是安泽县和沁水县的交界处，两县的村庄犬牙交错着，想到校场村去，须得从安泽的马壁村坐船摆渡。这里的船工，都是潘永福同志的徒弟，可是潘永福同志这次上了船，见撑船的是个二十多岁的青年，没有识过面。他看见这新生一代有两下子，就随便问他说：“你是谁的徒弟？”青年似乎不了解潘永福同志问他的意思，或者还以为是看不起他的本领，便回答说：“你管得着吗？”潘永福同志说：“你不说我也知道：你的老师不是马银，就是瑞管，再不就是长拴！”因为潘永福同志在这里只传授过这三个人。那青年说：“咦！你怎么知道？你是不是姓潘？”“你猜对了！”“我的老大爷，你好！”潘永福同志又问了问他住在哪个院子里，那青年回答了他。潘永福同志想了想当年的情况，记得有两个不到上学年龄的孩子，是弟兄两个，长得很好玩，算了算时间，该是这个青年这样大小了，便又问他说：“你叫黑济呀，还是叫白济？”青年说：“我叫黑济！”潘永福同志又问黑济爹娘的好，黑济说他们都去世了，彼比感叹了一番。潘永福同志顺便又问询了马壁以北的招贤、东李、魏寨、建始等各渡口老船工的消息，船已靠了岸，就和这青年作别，往校场村去了。

马壁、招贤、东李、魏寨和建始这五个渡口的老一代的船工，全是潘永福同志教会了的。原来安泽县只有孔滩一个渡口有船，船工也是沁水人，父子两个同撑，不传外人。潘永福同志当年在马壁打短工，马壁人听说他会撑船，就集资造了船请他撑。他又回原籍找了个帮手，就在马壁撑起船来，并且带了三个徒弟。上游招贤、李东、魏寨、建始等村也有摆渡的需要，就先后造了船请他去撑，并请他带徒弟，因此五个渡口的老船工都是他的徒弟。

潘永福同志住在校场，有一天晚上到招贤去看他的老朋友们（也就是徒弟，因为年岁相仿，所以彼此都以老朋友看待）。他刚到了一家，村里人就都知道了，凡是熟人都抢着来看他，后来连四五里以外别的村子里的人也知道了，也有些赶来看他的，有点像看戏那样热闹。老朋友们都兴奋得睡不着觉，他也兴奋得睡不着觉，有几位老朋友特地给他做了好饭请他吃，一夜就吃了好几顿。

他为什么这样受人欢迎呢？原来他在这里撑船的时候，每天只顾上渡人，连饭也顾不上做，到了吃饭时候，村里人这家请他吃一碗，那家送他吃半碗，吃了就又去撑船去了。他是个勤劳的人，在谁家吃饭，见活计也就帮着做，因此各渡口附近村庄的庄稼人对他都不外气。他还有个特点是见别人有危难，可以不顾性命地去帮忙。为了说明他这一特点，不妨举个例子。

他在招贤渡口的时候，也是一个晚饭后，有一伙人要到对岸一个村子里看戏，要求他摆渡。他说："我还没有吃晚饭，饿得很，撑不动了！"

其中有几个和他学过几天的人说："我们自己来吧！"说着就都上了船，把船解开。潘永福同志对他们的技术不太相信，虽然也未加阻拦，可是总有点不放心，所以当他们把船撑开的时候，自己也未敢马上走开，只站在岸上看着船向对岸前进。沁河的流量虽然不太大，可是水流太急，而且上下游隔不了三里总有乱石花坡，船只能摆渡而不能上下通行。在摆渡的时候，除了发洪期间在篙竿探不着底的地方用划板划几下外，一般只靠划板是划不过去的，全凭用篙撑；撑的时候，又要按每段水势的缓急来掌握船身的倾斜度。坐船的人，看了船身的斜度和船工用力的方向，总以为船是向对岸很远的上游进行的，可是在客观上靠岸的地方只是个正对岸，在水大的时候往往还要溜到下游一半里远。假如在水急的地方把船身驶得斜度小了，船头便会被水推得颠倒过来。船头要是打了颠倒，便要迅速地往下游溜，几棹板摇得扭回头来，也会溜出里把远；要是水太急了，马上扭不过来，溜到乱石花坡是非被冲翻了不行的。潘永福同志开头看见他们撑得还正常，可是一到了中流，船打了颠倒，飞快地顺水溜走；坐船的人都直声喊叫起来。潘永福同志知道凭那几个人的本领，在一二里内是拨不回船头来的，因此也忘记了肚子饿，也顾不上脱衣服，扑通跳下水，向着船游去。撑船的那两个人倒也把船头拨转回来了，只是拨得迟了点，船已溜到个两岔河口的地方。河到这里分为东西两股，中间水底有块大石头挡着一堆小石头。船头被隔在这石头上，船尾左右摇摆着，好像是选择它倒向哪一边溜得更顺利些。西岸上有些人早已发现船出了事，喊着从岸上往下游赶，赶到这里见船被隔住了，可是也无法营救。这时候，潘永福同志赶到，站在几块乱石上，一膀把船尾抵住，两手扳住底部使它不得左右摇摆。照这地方水的流速，不用说逆水行船往上游撑，就是往东西两边撑也是撑不过去的。船上的人向潘永福同志要主意，潘永福同志说：“西岸有人，要是带着缆绳头扑过西岸去，叫大家拉住绳顺着水势能拉得靠了岸；可惜我现在饿得没有劲了，要是扑得慢一点儿，船要被冲得溜起来，我一个人可拖不住它！”坐船的人，有拿着油条和糖糕的，拿出来给潘永福同志吃。潘永福同志两只手扳着船尾的底部腾不出来，就叫船上的人往他嘴里塞。可是水淹在他脖子根，直着脖子不容易咽下东西去。船上的人先给他塞了个油条，他咽不下，吐出去说："油条吃不下去，快拿糖糕来！"船上的人，喂得他吃了十多个糖糕后，他吩咐船上人把缆绳盘顺搁到船边，把绳头递给他。船上的人，一边照办，一边向西岸的人打过了招呼，潘永福同志便丢开船尾，接住绳头，鼓足了劲，拼命地向西岸扑去，不几下子就扑过翻波滚浪的急流，到达西岸，和岸上的人共同把船拉过去。满船乘客全部脱险。

像潘永福同志这样远在参加革命之前就能够舍己为人的人，自然会受到大多数人的尊敬，所以他走到离别十八年之久的地方，熟人们见了他还和以前一样亲热。

为何要到安泽去？

潘永福同志是沁水县嘉峰村人，离安泽县界有百余里，为什么会到那里去当船工呢？这至少也得从他的青年时代谈起。

潘永福同志是个贫困农家出身。当他小的时候，家里因为地少人多，欠下好多外债；一到他能劳动，就给别人做短工——欠谁家的钱，就得先给谁家做，经常是做了工不见现钱，他的体力强，做活一个足抵两个人，到了忙时候，债主们都抢着要他，天不明就会有好几个人找上门，往往还因为争他而吵起来。他不做日工活，只做包工，因为他家欠的外债过多，做日工实在还不了几个钱。他包下的活都能保质保量，又能完成双工的任务。例如担粪，别人每次担两桶，他一次要担四桶。

农家活总有个忙闲，打短工不一定通年有人雇用。在没有人雇用他的时候，他不得不找一些生产门路。他小的时候，夏秋两季常在村外的沁河里玩水，练得个游泳的技术，所以后来在农忙的间隙没有人雇用他的时候，他和一位名叫何田的伙伴，常到沁河里摸鱼、捞鳖。他们真有点发明创造精神：把河边浅水处用石头垒成一道临时小堤，让这浅水与深水隔绝，只留一个口，浅水里撒上有几粒麦子的麦糠。这泡过麦糠的水从他们留的那个口里流出去，水里带有麦味，老鳖就顺着这味儿来找食物。到了夜里，他们把口一堵，就在这小堤里的水里摸，往往一次就能捞到几十个。沁河里较大一点儿的有鳞鱼不易捉到，因为鱼太稀，用网不能捕；有鳞鱼的动作迅速，用手捉不住。能用手捉的只是老绵鱼，不过捉它的人要会泅水，要钻到光线不足的水底石坎中去摸。潘永福同志就有这个本领。

嘉峰村渡口上的船工叫马成龙。潘永福同志到河里捉鱼的时候也常帮他的忙，日子多了，从他那里学得了撑船的全部技术。不过这种工作没有报酬。住在河边村子里的人们，就有一些爱尽这种义务的，和爱唱戏的票友一样。潘永福同志开始学渡船的时候，也只是马成龙的票友。

潘永福同志在打短工的开头几年里最怕过冬季——冬季里除了打窑洞、垒地堰外，很少有人雇短工。在夏秋两季，闲下来还可以摸鱼，一到冬季，就连鱼也不能摸了。后来潘永福同志找到了冬季的生产门路。村里有个土法凿井的老行家马老金，每到冬季就在邻近各村包打水井。马老金要找一个帮手，不过这个帮手需要具备以下一些条件：体力强，手眼快，遇了险不手忙脚乱，受了伤不大喊小叫。马老金选来选去，觉得潘永福同志最适合自己的要求，就拉做帮手。用土法包打水井，和一般工头剥削工人的包工有区别：打井是包井下不包井上，而井下的活都是自己亲手做的。“包”的意思，就是和要打井的东家定下条约说：“你也不用管我误多少工，打成这眼井你给多少钱。所有井里误的工都是我的，井上绞辘轳或者拉滑车的笨工是你的，几时打成几时算数。”做这种井底活危险性很大：各种土质有各种打法，弄错了塌下去会把自己埋在井底。井上要是遇了毛手毛脚的人，土筐、水桶、石块、铁锹等物，常会因为拴得不牢、扳得不稳而飞落下去，躲闪不好就要吃亏。他们自己常说：“赚这种钱是卖命钱。”潘永福同志跟着马老金做了几冬天，又学得了打井的全部技术，也会找了帮手去赚这种卖命钱了。

在旧中国，欠债多的穷苦人，任你怎样勤劳也不得翻身。潘永福同志学会了赚这卖命钱之后，真要是卖掉了命的话是自己的，赚了钱却还是债主的。他到哪村去包打水井，也不是一天半日可以成功的。债主们的耳朵长、打听着他包工的地方，就找到那个打井的东家，同着潘永福同志，当面把包工的工资拨给他抵利息，往往一冬天得不着个现钱。一九三一年冬天，潘永福同志不但打了一冬天井没有得着现钱，过年时候连家里剩下的百把斤口粮也被债主倒光了。在这年过年关的时候，潘永福同志就跑到安泽县去。

安泽的旧县名叫“岳阳县”，和沁水县的北部连界，是沁河的中游。这地方全部是山区，土山多，地广人稀，可以开垦的荒山面积很大。本地人往往是地主，外省外县到这里开荒的和打短工的很多。安泽附近各县有句俗话说：“措不响，上岳阳”，意思就是说措打不开了，可以到安泽去打短工或者开荒。潘永福同志也是抱着这种打算往安泽去的，只是去的时候是个冬天，没有多少短工可做，找到点杂活也只能顾个吃。但是在潘永福同志看来，这样也比在家强，只要冬季一过，赚钱不论多少总能躲过债主的监视——把钱拿回家去虽说大部分还是还了债，但债主摸不着自己的底，总还可以留一点儿来解决一下全家的生活困难。他本来也想打短工或开荒地。后来因为那地方缺船工，才开渡口撑船，但他在他所在渡口的荒沙滩上也还种一点儿农作物来作为附带收入。

潘永福同志在安泽撑了十年船，起先每年还回一两次家，抗日战争开始后，有两三年没有回家去。

抗日战争时期，他在东李渡口上。有一个短时期，渡口两边的村子里，一边住的是蒋军，一边住的是八路军。他是一个船工，每天忙于摆渡，也顾不上多和军队接触，不过他在这两边都走动。对于这两种军队的区别，他理解得很简单——只知道蒋军打人，八路军不打人。后来打人的军队不知去向，不打人的八路军向南开动了。他打听得不打人的八路军开到自己的家乡，也就跟着回了家。

这便是潘永福同志参加革命以前的生活概况。在这种苦难日子里，把他锻炼成一条铁汉。有一些互相对立的日常事物，在潘永福同志看来差别不大——屋里和野地差别不大，水里和干地差别不大，白天和夜里差别不大，劳动和休息差别不大。若用“吃苦耐劳”等普通字样，是不足以说明潘永福同志这种生活风度的。

干部新风

一九四一年，八路军的地方工作队到了潘永福同志的老家嘉峰村，他也赶回了家。这一带原来驻的军队是蒋介石的第三十三军团，后来这部队被敌人打散了，遍地都成了溃兵：嘉峰南边相隔十里的王村又已变成维持敌人的区域[①]，所以这一带的群众，只要是看见军队，用不着看臂章就知道不是来干好事的，马上跑个光。八路军的地方工作队初到嘉峰村的时候，情况也是如此。潘永福同志回到村后，无形中做了工作队的义务宣传员。他宣传的内容只有一句话："这队伍不打人。"这句简单的话效力很大，他的穷朋友们听了，马上跟他先回了村，其他人也慢慢试探着都回去了。

八路军的主力部队把周围的土匪溃兵肃清以后，环境变得单纯了，嘉峰村变成了和日军相持的边缘，群众组织起来在村南边布下岗哨，监视着通往维持区的要道。潘永福同志是夜里在野外活动惯了的人，不论该不该自己的班，夜里都好到那里去看路上的动静，一发生变故马上就报告工作队。工作队见他和他的几个穷朋友们大有舍己为人的精神，就吸收他们入了党。

嘉峰村建立了地方政权，第一任村长是王思让同志，潘永福同志是村供销社干部。在共产党领导下的村干部，从外表上看，和群众无大区别，潘永福同志在这方面更突出——完全和他打短工时期的打扮一样。有个外村的老相

① 维持敌人的区域，即维持区，抗日战争时期日军控制的地区。

识在路上遇上了他问他说:“听说你当了干部了,你怎么还是这样子?”潘永福同志反问他说:“干部该是个什么样子?”问他的人马上也拟定不出个干部样子来,只得一笑而罢。

潘永福同志当了干部以后,不但外观上没有变化,工作和生活也都按着自己特有的风度发展着。为了说明这一点儿,也举两三个例子:

一、搭桥

嘉峰村东北方向五十里外的玉沟村,开了个为沁水民兵制造手榴弹的工厂。这工厂烧的是阳城煤,运煤时候需要在嘉峰村过沁河。沁河上过渡的习惯,夏秋两季用船,冬天冰冻以后至春天发洪之前用桥。每年搭桥的时间是寒露以后——早了水大,迟了水凉,所以选择在这个季节。这年冬天,因为南边离八里的王村成了维持区,群众宁愿自己不过河去,也不愿给敌人制造方便,在非过不可的时候可以多绕四五十里到上游去过别村的桥。嘉峰村的人事先没有想到五十里外玉沟工厂的需要,等到工厂缺了煤找到嘉峰来的时候,搭桥的地方已经被冰封了。上级要求嘉峰村想法子,村长王思让便和会搭桥的党员干部潘永福、何启文等同志接受了这个任务。

这地方,桥的构造是用两根树杈顶一根平梁算一个桥脚，一个个桥脚中间都用五六根长的木料连接起来，上边铺上厚厚的灌木枝条，然后再垫上尺把厚的土把它压平。这些木料都很笨重，在水里边推来拉去倒不太费气力，只是想把顶着横梁的桥脚竖起来就不太容易。竖的办法是用好多人在两岸拖着一股大绳，再用几个人把桥脚从水里拉到应竖的地方，拴在大绳上，自己扶着让岸上的人拉。用对了劲，一拉就竖起来了。活儿倒也有传统办法。只是时间不对，河被冰封着，冰又只有寸把厚。人到冰上，怕把冰压破了；破冰下水，人又受不了。党员们研究了半天，更巧的法子想不出来，也只好破冰下水。王思让同志勇敢得很，把冰打开口，他就先跳下去。可是他的身体没有经过更多的风霜锻炼，一下去就抖得倒在水里。在打开的冰窟里倒下去，马上便会被水推到下游的大冰层下，潘永福同志见势不好，跳下去一把把他抓出来。这时候，王思让同志的皮肤已经变成黑青的了。

潘永福同志是在河里井里泡惯了的，何启文同志也是年年搭桥离不了的人物。岸上的同志们搬运着木料，这两位英雄下了水，打开冰道，送过大绳，来来往往拉木料、扶桥脚……终于在这冰层包围中完成了上级党给予的任务。两个人的腰上、肚上、胳膊上，被顺流而下的冰块割成了无数道的大小创口，只有腿部藏在水底，没有受到冰块的袭击。

二、借渡口

在潘永福同志当区长时候，有一次，敌人集中了大于我们当地驻军十多倍的兵力来“扫荡”这个地区，沁河以西有我们一部分部队一定得渡过沁河转到外线。领导方面知道潘永福同志是撑船能手，就把这任务交给他。潘永福同志接受任务后，马上跑到离区公所十五里路的张山去找部队。他向部队的首长说附近几个渡口船太小，恐怕一夜渡不完；王村的船大，可是维持区，要是把维持会的人挟持住，夜里可以在那里摆渡。部队同意了他的建议，就派了几个便衣，由他领着路，到王村去找维持会[1]。他们走到王村村边，碰上了一个人。潘永福同志要这个人带他们到维持会去。这个人便带他们去了。走到维持会门口，潘永福同志同那个人走进去，便衣在外边守着门。一进了屋子，静悄悄连一个人也没有。领路的那个人向潘永福同志说：“你坐一下，我给你找他们去！”说着就走出院里来。潘永福同志见那个人神色不正，怕他搞鬼，略一思忖便跟了出来，却不见他往哪里去了，问了问门外的便衣，说是没有出去；又返回院里来，见有个通房后厕所的小门，情知是从这小门里跑了。潘永

① 维持会，抗日战争初期日本侵略者在沦陷区内利用汉奸建立的一种临时性的地方傀儡政权组织。

福同志马上向门外的便衣说明了情况，并且又向他们说：“你们监视住河边和村西头的路，不要让有人过去，就出不了事，让我亲自去找撑船的人去！”潘永福同志和这里撑船的人都很熟识，一会儿就把他们都找到了。这时候，太阳已经落了，清除了一下船里渗漏进来的积水，吃了些晚饭，部队就开到了。

潘永福同志和王村的船工们共同撑着船，先送过一部分机枪手们到对岸山头上布了防掩护住渡口，然后才渡大队人马。船开得也不慢，只是人太多了，急切渡不完。潘永福同志见深处没有几步，绝大部分淹不住人，就跳下水去拉住缆绳在前边拉；王村有几个船工也跳下去帮着他拉。这样拉的拉、撑的撑，船比以前快得多，一趟又一趟，还不到鸡叫就把全部人马渡完了。部队的负责同志临别的时候向潘永福同志说：“潘区长！谢谢你的帮忙！敌人很快就会侦察到我们在这里过渡！你也要马上离开这里！”潘永福同志向来觉着工作和休息差别不大，可是这一次碰上了例外：

他跑了几十里路，找了半晌人，又拉了多半夜船，算起来已经连续劳动了二十个钟头了。打发部队走后，他本想马上离开王村，只是走到村边，身子便摇晃起来，再勉强走是会摔倒的。王村靠河的那一边，支着一排喂牲口的石槽。这时候，潘永福同志已经走得寸步难挪，就穿着一身湿透了的衣服睡进一个石槽里，一闭上眼就睡着了，等到他一觉醒来，天已大明。他一见天明了就觉着有点不妙，慢慢抬了抬头，一只眼睛沿着石槽边向河边一看，不知几时开来的日军已经把这一段河边的空地坐满了。他不敢坐起，急忙扳住石槽的另一边一骨碌滚出背着敌人这一边的地上来，然后爬起来就往山上跑。不巧的是敌人已经在这山头上放下岗哨，一见有人跑上来就开了枪。潘永福同志往旁边一绕，仍然跑他的，身旁的飞弹嗖嗖地越来越密，好在抢了几步跳到一条土胡同里，顺住土胡同可以跑到另一段沁河边，他也不管后边的子弹来得怎样密，反正有土胡同隐蔽着打不到身上，就这样跑到河边游过了水，不到晌午又回到他的区公所。

正因为潘永福同志是这样一个苦干实干的干部，在他影响下的群众都十分喜爱他，到处传颂着他一些出格的故事，甚而还有人加枝添叶地把一些故事神话化。潘永福同志自己，却不曾有过丝毫居功的表现，平常时候在办公之余，仍然和区公所的同志们扛着锄头或挑着粪桶，去种他们机关开垦的小块荒地，和打短工时代的潘永福的神情没有什么区别。

正因为他喜欢实干，所以坚决反对虚伪的俗套子礼节。一九四九年他被调回县里去做农林科长，区公所的同志们要举行个送别的仪式。这种仪式已经形成了俗套，办法是被送的人走在前边，同事们和一组八音会的音乐跟在后边，慢慢摆开八字步走出区公所所在的村镇，和旧时代的送龙王回宫差不多。潘永福同志根本不赞成这一套，不过在送旁人的时候，怕被送的同志多心，也不便反对；现在轮到了送他自己，他想免一免这套过场。可是有些同志诚心诚意要那样送他。说死说活不让免，他也马马虎虎同意了，等到送他的那天早晨，大家都已经准备好，却不见他出来和大家打招呼，有人进到他屋里去看，床上只剩了一条席子，潘永福同志不知道什么时候就挑着行李走了。这也不奇怪，他原来就是个认为白天和夜里差别不大的人。

经营之才

潘永福同志是实干家，善于做具体的事，而不善于做机关工作。一九四九年他被调到沁水县当农林科长。这时期的农林科是新添的部门，从前没有传统，科技人员又缺乏，虽然挂着个指导农林生产之名，可是和实际的农林生产接不上茬。潘永福同志失去了用武之地，摸索了两年也没有摸索出个道理来——后来换了别人也同样对实际的农林起不到指导作用，原因在于那时候的生产资料还属于个人所有，单纯科技的部门指导不了那样散漫的单位。

一九五一年，潘永福同志又被调到县营农场。这也是个新添的单位，归县里的农林科领导，但是潘永福同志觉着这要比当农林科长的工作具体得多。他有个老相识以为他是降了级，问他犯了什么错误。他说："我没有犯错误，到这里来是党的需要。"

一九五一年以前，认识潘永福同志的人，往往单纯以为他是个不避艰难的实干家；自他被调到农场之后，在社会主义革命和社会主义建设阶段里，才又发现他很有经营计划之才，不过他这种才能仍然是从他的实干精神发展来的。为了说明这一点儿，需要举他三个例子，而且第二个例子比较长一点儿。

一、开辟农场

沁水县要开辟一个县营农场，而这个农场要具备企业和试验两种性质。地址准备在沁水县东乡的端氏镇，共有土地七十亩，三十亩山地，四十亩平地，职工的住址是镇中间的城隍庙。潘永福同志到任后，首先感到不合适的是这个住址——上街倒很方便，往地里去便差一点儿。后来他和镇里交涉，把城隍庙换成了南寺，就比较好些了。

再一个成问题的事就是那三十亩山地。这三十亩地离人住的地方有五里远，还隔着一条小河，土质不好，亩产只是百把斤，从企业观点和试验观点看来，价值都不大。可是那时候的土地还是个人所有制，这三十亩地是未被分配过的地主土地，其他已分配了的土地各自有主无法调拨。潘永福同志曾向一个农民提出过调换土地的要求。那个农民提出的条件很苛刻——三十亩远地换他近处一亩菜地，还得倒贴他十石小米。潘永福同志一计算，三十亩地一年的产量也产不够十石小米，三十亩换一亩再贴一年产量，这买卖干不着。

换不成，只有农场自己来种了。潘永福同志是种过远地的。他知道这三十亩地种好了能把产量提高一倍，可是从企业观点上看，提高一倍也还是不合算——共产六千斤粮，按六分一斤折合，共值三百六十元；但想种好须得雇两个长期农业工人，每人每年工资以二百四十元计，须得四百八十元，一年净赔一百二十元。这买卖还是干不着。

隔了几天，潘永福同志对这三十亩地终于想出了应用的办法。他见端氏镇的农民种的棉花多，牲畜饲草不足，自己农场养的牲口也要吃草，草价很高，就想到种苜蓿。种苜蓿花的工本都很少，两年之后，三十亩苜蓿除了自己牲口吃了，还能卖很大一部分；再把地边种上核桃树，又能卖树苗，算了算细账，收入金额要超过粮产，而节余下的劳力用到近处的四十亩地里，又能赶出一部分粮来。账算清了，他便把这三十亩远地种成了苜蓿和核桃树。到了一九五三年，端氏镇成立了青峰农业社，更扩大了棉田，牲畜的饲草更感到不足。这时候，农场的三十亩苜蓿已经发育到第三年，根深叶茂，长得有一腿多高，小核桃树也培养得像个样子了。青峰农业社提出来愿意用镇边的十多亩菜地来换农场的三十亩山地和这地里的苜蓿、树苗，潘永福同志一计算，光三十亩苜蓿的收入也要抵住三十亩中等棉花，只讲经济价值农场还吃一点儿亏，但是为了便于集中经营，把地换得近一点儿也还是有益的事，所以就换过了。要按当年那个单干农民向农场提出来的苛刻条件，换这十多亩菜地，须得三百多亩山地，还得贴一百多石。

农场的第三个问题是做农事试验的问题。这事潘永福同志自己不在行，又没有这种专门人才，光靠几个上过短期训练班的技术员，也搞不成什么名堂，和实际农业生产还是碰不了头，对企业收入又要有所妨碍。潘永福同志见当地有些群众有到外地买生产树（干果、水果、花椒等树）苗的，就想起试种树苗来。他想这样既能满足群众需要，又能兼顾企业收入，是件可干的事，问了问县里，县里也说可以干，于是就决定种树苗，种了几年，群众有树苗可买，十分满意；农场也因此增加了企业收入。后来县里见他这样做的成绩不错，干脆把这农场改为育苗场了。

潘永福同志从开办这个农场起，鉴于场子小、工人少、干部多，有碍企业，就和工人们在田间做同质同量的活，直到一九五四年他被调往文化补习学校学习为止，始终不变。

二、小梁山工地

一九五九年冬，潘永福同志担任沁水县工会的主席，同时他又是中共沁水县委会委员，被领导方面派往县东乡的蒲峪沟经修水库。

这年冬天，沁水县要开两个中型水库——较大的一个是由省投资，名山泽水库；其次一个就是这蒲峪水库，原决定由专区投资，后来因为由专区经修的水库多了些，又改为由县投资；两个库都由县里派人经修。

潘永福同志接受任务后，于十月二十七日随同十三个下放干部来到蒲峪。这时候，各公社派来的民工，离得近的也来了一些；县里早已通知水库附近村庄给他们找下了住处。

潘永福同志先到技术员已经画下的库址上看了一下，又上下跑了一跑，觉着库址有点不合适，不如往下游移一移，找了一会儿技术员，有人说技术员已经往其他小型水库上去了，过几天才能回来。

库址没有落实，坝基不能挖，只得先找一些别的活做。潘永福同志见工地附近有几孔多年没有住过人的旧土窑洞，就和同来的同志商量先拨些人收拾一下给将来的指挥部用；决定以后，就打发了几个同来的同志到附近村里去找先到的民工，自己也拿了带来的铁锨参加了这项劳动。

他走到一孔破窑洞旁边，见这孔窑洞的门面已经塌了，塌下来的土埋住了口，只剩一个窟窿还能钻进人去。他对这一类地下的土石工活也是老行家，认得该从哪里下手。他看准了土的虚实，就慢慢从上层挖虚土。一会儿，被拨来的民工也都陆续来了。有几个民工见这里已经有人动开手，也凑到这里来参加。一个民工问潘永福同志说："你是哪个村人？"潘永福同志说："嘉峰村的。""参加过水库工作没有？""还没有！"那人见他说没有参加过水库，觉着不足以和他谈水库上的事，就转问另一个民工说："可不知道这库是国库呀还是私库？"那个人回答说："这样大的库，大概是国库吧？"潘永福同志听了莫名其妙，就问他说："怎么还有私库？"那人说："你们没有做过水库工的人不知道：国库是上级决定的，由上级发工资；私库是县里决定的，不发工资，只把做过的劳动日记下来，介绍回自己家里的生产队里作为分红工。我看这个库是私库！""你从什么地方看出来的？""山泽水库是省里决定的。往山泽去的民工，都有公社干部参加带队；来这里的民工，没有人带队，只让各自来，不是私库是什么？”“管他是不是国库，把工介绍到队里分红还不一样吗？”“怎么会一样？国库的工资高！”潘永福同志觉着他这种看法传播到民工头脑中，对工作很不利，正想批评他一下，另一个民工替他说了话。这个人和原来说话的那个人认识，很不客气地批评他说：“你这家伙思想有问题！把工给你介绍回队里去分红，还不和你在家劳动一样吗？你是修水库来了呀，还是发财来了？”这个人不说话了。停了一阵，另几个民工又谈起到别的水库上做工的事来——哪个水库吃得好，哪个水库有纪律，哪个水库运输困难，哪个水库吃菜太少……好像他们都是不只在一个水库上做过工的。

潘永福同志把他们谈出来的事暗自记在心上，作为自己的参考，并且趁大部分民工还没有发现他是县里派来的领导干部之前，又到其他做零活的民工中参加了两天劳动，访得了更多的参考资料。

这时候，民工大部分来了——原调两千人实到一千四五百人；原调三十头牛，实到十三头。人来了就得组织起来干活。全体民工中只有一个公社来了个干部，其余都是各自来的，只好按地区民选干部，经过动员、讨论后，选出班、排、连、营、团各级负责人和司务长、炊事员等。

组织就绪，就应该开工了，只是技术员没有回来，坝基迁移问题不能决定。潘永福同志这时候又想出新主意来。他想：民工住的村庄，离工地都有几里远，每天往返两次，多误一个半钟头，用在工作上的劳力就等于打了八折，不如就附近打一些窑洞，让全部民工都搬到里边来住；窑洞里挖出来的土垫到坝上，也和取土垫坝一样，并不赔工。主意一定，就从民工中选拔打窑洞行家，共选出四十个人，每人带粗工二十余人，选定了地址，五十多孔窑洞同时开工。此外，牛要吃草，到附近公社去买，运输不便，又决定选出人来在就近坡上割干白草——每割三百斤草算一个工，共割了三万斤，一直喂到来年青草出来还没有用完，改当柴烧了。

山泽和蒲峪两库都开了工，物资、工具、运输力都感到不足。潘永福同志想尽可能靠自己解决一部分困难，就发动民工自报特技，计报出铁匠十人（用五人）、木匠二十六人、石匠十三人、编筐匠二十人（用十人）、修车三人、缝纫一人（愿自带机）、剃头三人、补鞋二人……所用工具，各自有的回家去取，没有的买得来就买，买不到就借，也买不到也借不到的，等铁木工人开了工就地打造。后来各个行业都配备成套，就地试验取得定额，从此蒲峪水库工地上，放牛、割草、割荆、编筐、自己打铁、自己造车、理发店、补鞋摊、缝纫房、中药铺……各行各业，花花朵朵，在这荒无人烟的山谷中，自成一个小天地。有些民工说这里像个小梁山寨，比得有点道理，此是后话。

这样虽然能把一大部分民工临时用在为工程服务的工作上，但总还用不完，正经工总得施。潘永福同志自己对这样工程技术没有学过，只得尊重技术员的安排，把其余工人调到已经制定的坝基上去做清基工作。做了两天，县里派一位李思忠同志到这里来看开工情况。李思忠同志是一位水利工程的老技术员。潘永福同志把他领到工地上，向他说明自己的改变坝基的打算。潘永福同志说：“从这里修坝，库容小，又是运土上坡；往下移一移，库容要比这里大几倍，又是运土下坡，卧管用的石头又能就地取得，不用运输。依我看是移一下合算，可是技术员不在，我自己又是外行，不知道是不是可以。”李思忠同志上下察看了一会儿说：“你的看法完全对！应该移！”潘永福同志说：“要可以的话，早移一天少浪费好多工。责任完全由我自己负，在技术上我听你一句话！你说可移我马上就停了上边的工，明天就移过来！”李思忠同志又答应了句肯定的话，第二天就移到下边新决定的坝基上重新开了工。

又隔了两天，技术员回来了。潘永福同志先向他说明了迁移坝基经过，并问他还有没有不同的意见，技术员表示完全同意。潘永福同志又请他测算一下两个库址投工、投资、容水等项的差别，计算的结果是：原来的需工四十三万个，现在的是四十五万个；原来的需资二十五万元，现在的是三十万元；原来的可容水八十万方，现在的是三百万方。潘永福对于土石方工程做得多了，一看到投工的数字，觉着和自己的见解有些出入。他向技术员说："我看用不了那么多的工，因此也用不了那么多的款。要知道原定的坝基是运土上坡，新改的坝基是运土下坡，一上一下，工效要相差两三倍。"

等到清完了坝基筑坝的时候，运起土来就是省劲，一个小车能推三百斤。取土的地形是开始走一段较平的坡，然后才是陡坡，可是到了陡坡边不用再往下推，因为坡太陡，只要一倒，土自己就溜下来了。有人建议用高线运输，潘永福同志说："用不着！这种没线往下溜，要比高线快得多。""那是技术革新！""这比那还要新！"

在五十里外定购了些石灰。石灰窑上和工地定的条约是一出窑就得全部运走，因为他们怕停放下来遇上了雨淋化了。可是水库工地上只有那十几头牛，每次全部拨去也不够用，何况有时候还有别的运输任务。调牲口调不来，自己烧石灰又没有青石，也是个不好办的事。有人说打窑洞打出来的土里，有一部分蜡姜石（是一种土色的石头，形状像姜，俗名蜡姜石），可以用来烧石灰。潘永福同志用做饭的小火炉试烧了几块，真可以烧成石灰，可是修成烧石灰的窑炉，就烧不成，试了几次都失败了。后来遍问民工谁见过蜡姜烧石灰，有一位姓孔的（忘其名）民工，原籍河南人，说他听说过要在个两头透气的窑洞里烧。潘永福同志根据老孔的启发，琢磨着打了个窑洞又去试烧，结果烧成了。一连烧了几次，取得的经验是一窑可烧一万三千斤，需柴（草柴）六至七千斤，时间是两昼夜零半天一次。一共烧成三十万斤，足够修这个水库用。这一试验成功后，附近各生产队曾派好多人来学习，这时候，已经到了一九六〇年春天，牛已经有青草可吃，把割下来没有喂完的干白草也做了烧石灰的柴。

种地的季节到了，潘永福同志见工地附近也有荒地，也有库容里被征购来而尚未被水占了的地，又有人粪、牛粪，又有用渠道正往外排的水，就想到自己种菜以免收购运输之劳，就又从民工中选出两个种菜能手，自己也参加进去，组成个三人种菜小组——在忙不过来的时候，由下放干部临时帮忙。后来生产的菜，除供全体员工食用外，剩下来的，每个下放干部还缴给县里一千五百斤生产任务。家里没有劳力的民工，有请假回去种自留地的，有特技的民工，因为工作离不开，不能回去种地，安不下心来，潘永福同志允许他们也在工地附近开垦小块土地，利用工地水肥来种植，产品归他自己。

有了这些安排，工程进行得相当顺利。不料到了夏季，发生了点小小变故——请假回家的人逐渐增加，而且往往是一去不回头。潘永福同志一调查，原因是从外边来的。原来山泽、蒲峪两个水库都不是单纯的拦洪库而是有活水的，可是因为地势不同，蒲峪的活水在施工期间可以由渠道排出，而山泽的活水则需要用临时的小库蓄起来。雨季来了，山泽的小库蓄着几万方水，而且逐日增加，一旦来个山洪冲破小库，说不定会把已经做起来的半截坝完全推平。领导方面急了，把山泽未完成的土方分别包给各个公社，限期完成。各个公社怕到期完不成任务，只得增加民工，因为农忙时候劳力难调，有些就把蒲峪请假回去的改派到山泽去。同时，蒲峪库这时已经改为由县投资，"国库、私库"那种谣传，也影响得一部分落后的民工，以回家为名，暗自跑往山泽。潘永福同志见这原因不在工地内部，也想不出扭转形势的办法，只好每天向各公社打电话讨索请假回去的人。

有些公社，在潘永福同志去打电话向他们讨人的时候，他们说人走不开，问派些牛来能不能代替。潘永福同志觉着这正是扭转形势唯一的希望，赶紧和他们搞好具体的头数。一两天后，果然来了百余头牛，可是这些牛又都是骨瘦如柴，其中尚有一些带瘟病的。有些民工，认得一些牛是他们村里派往山泽工地的，就向潘永福同志说："潘部长（他们爱称他这个老衔头），这都是山泽工地上拉车拉垮了的牛：快给他们退回去吧！"潘永福同志说："可是退不得！在没有劳力时候，这也是宝贝！”“一个也不能用，算什么宝贝？”“在他们那里不能用，到咱们这里就有用了！”“为什么？”“为什么？他们那里是运土上坡，路上又净是虚土。牛上坡一发喘，再吸上些灰土，就吃不进草去，怎么能不瘦？到咱们这里是运土下坡，开头拉得轻一点儿，每天少拉几个钟头，还是能养过来的。”潘永福同志收到这批牛之后，先请兽医检查过，把有瘟病的挑出来隔离开治疗，把其余的分为重病、轻病、无病三类：重病号除医药治疗外只放不用，轻病号每天使用四个钟头，瘦而无病的每天使用六个钟头，卸了车以后，都有专人成群赶到附近草坡上放牧。结果是瘟病的死了四头，其余的抢救过来；重病号养了一段时间又能拉车了；轻病号和瘦而无病的在使用中又都逐渐肥起来，恢复了正常的体力。原来是山泽把那些瘦牛病牛退还各公社以后，各公社听民工们说蒲峪工地的牛养得很肥，就把这些牛派到蒲峪来养。这也可以说是“两利”，这批牛对后来蒲峪工地的继续施工，起到一部分主力作用。

因为民工减少，蒲峪水库直至一九六〇年底，尚欠三万工未得完成，可是投资、投工都比原来的预算节约得多。

三、移矿近炉

一九六〇年秋收时节，各个水利、基建工地要把劳力压缩一部分回农村去收秋，蒲峪工地只剩了三百来人。潘永福同志因为在这里领导修水库，长期把自己负责的工会工作托付给会里其他同志做着，这时候水库工地上人少事少了，便想趁空回县里看看去，于是把工地上的事托付给指挥部的同事们，自己便回到县里。

这时候，县西南乡的中村铁厂，正修建着五里长一段运矿的土铁路，也因为民工回家收秋而几乎停工。潘永福同志要到中村铁厂去，因为他又是县党委委员，县委会便托他顺路看一下有关土铁路的情况。他到达铁厂后，铁厂有人向他反映，有好多矿石已经从山顶用高线运输法运到了一个山沟里，只等这里的土铁路建成才能接运回来，要是土铁路停了工，矿石运不到，铁厂就不能开工。

潘永福同志觉着此事对铁厂关系重大，就到运输现场去观察了一番，见到的情况是这样：采矿的地方离铁厂十八里，地名轧儿腰，在一个山头上，原来有一条路可通胶皮大车。现在全线的运输设计是从矿洞所在的山头上把两条铁线架到个较低的山头上算作第一段高线，再从这较低的山头上把同样的铁线架到山沟底，算作第二段高线。这两段高线已经架通使用起来，只是较低的山头上卸矿和装矿还放不到一个地点，因此第一段溜下来的筐子无法就原筐子转挂到第二段线上，还得这一边倒在地上那一边再拿筐子装起搬运到第二段线头上去挂。现在正在修建的五里土铁路，是准备用来接这已经溜到山沟里的矿石的，不过只能接到沟口的较宽处，再往里边还有二三里路便成了陡岩狭谷无法修通，只好用人担出来再往车上装。潘永福同志看了之后一合计，觉着这样是个傻事：高线上每筐只能装一百斤，狭谷里每人也只能担一百斤。每筐装一次只算五分钟，卸下来倾倒一次只算一分钟，每筐或每担装卸一次共是六分钟，每吨每段就得两个钟头，三段共是六个钟头。需用六个钟头才能把一吨矿石送到土铁路上的车子上，若用胶皮大车运输，走下坡路只架一个辕骡每次也能拉一吨，十八里路往返一次也不过用四个钟头。这套运法且不用说运，光装筐也比胶皮大车慢了。他把他这意见向铁厂的负责同志一说，铁厂同意了他的说法，就把土铁路的工停下来。

潘永福同志在中村遇上了个老汉，也是旧相识。潘永福同志问他说：“你们这里除了轧儿腰，别处就没有矿吗？”“十八条也有。”“好不好？”“和轧儿腰的一样。”“十八条离这里多么远？”“就在村西头，离铁厂半里远。”“啊？”潘永福同志有点惊奇，接着便又问：“铁厂的人不知道吗？”老汉说：“说不清。人家没有和咱谈过。”潘永福同志又向铁厂说明了这个新的发现，并建议去刨一刨看。结果按照那老汉指点的地方刨出来了，和轧儿腰的矿一个样，只要查明蕴藏量够用的话，就用不着再研究轧儿腰的运输问题了。

以上三个例子，看来好像也平常，不过是个实利主义，其实经营生产最基本的目的就是为了“实”利，最要不得的作风是只摆花样让人看而不顾“实”利。潘永福同志所着手经营过的与生产有关的事，没有一个关节不是从“实”利出发的，而且凡与“实”利略有抵触，绝不会被他纵容过去。这是从他的实干精神发展来的，而且在他领导别人干的时候，自己始终也不放弃实干。

记余

我对潘永福同志的事，姑且只写出这么多吧。假如同志们关怀到他现在的生活，我可以在这里加一点儿补叙：他现在在沁水县县工会工作，没有随带家属（家属还在嘉峰生产队参加生产），只住了一个房间，房子里除了日用的衣服被褥外，没有什么坛坛罐罐。因为县工会只有五个人的编制，经常下厂矿平均就有三个，立不起灶，都在县委会的灶上吃饭。他的衣服比他打短工时代好一点儿，但也还不超过翻身农民，和民工在一起，光凭衣服你还不会发现他是干部。按他应得到的干部待遇，下厂矿或工地可以骑骡子（因为山里行车不便，所以有此规定），但是他在百里之内，要不带笨重的东西，他仍是要步行的；要和挑东西的人在一块走，他觉着空走着还有点不好意思，因此在上水库工地的时候，还要捎带一二十斤炸药或三两根钻条。

一九六一年三月十日写于山西长治

1962年

杨老太爷[1]

杨老太爷原名叫杨大用。在抗日战争之前，他家是个中农户，后来因为过灾荒年把土地押得只剩三亩，幸而以后赶上减租清债，才又被退回来。他虽然不识字，可有点小聪明。因为他老丈人在世时候在河南做过生意，他的小舅子当年利用商业界一些熟人跑个小买卖，带着他跑过几次河南，便引逗得他不想好好种地，光想发个小洋财。他有两个孩子，大的叫铁蛋，小的叫金蛋。铁蛋在抗日战争时期上过抗日中学，后来在边区[2]政府做财粮工作；金蛋留在家里种地。

铁蛋是一九四一年上的抗日中学。那年铁蛋十五岁，长得聪明能干。村里回来一个在边区政府工作的同志，见铁蛋有点出息，就劝杨大用让他到抗日中学念书。杨大用

---

① 原载《解放军文艺》1962 年第 2 期。本书据《下乡集》。

② 边区，我国国内革命战争及抗日战争时期，共产党领导的革命政权在几个省接连的边缘地带建立的根据地。

相信他小舅子比他的见识高，就去找他小舅子问主意。他小舅子说可以去，并且还讲了一套他家祖传的处世为人之道。他说“见巧不讨，一行大罪”。说“人长到十五六就该出门去撞个事，识个路数”。说“多念几天书，混个事腿长，况且又是公费，千万不可放过这个便宜”。杨大用听了他这番教训，就让那位同志把铁蛋带走。

不过他的小舅子因为这事受了他几年窝囊气。铁蛋上学才半年光景，敌人来了个大“扫荡”，中学转移的新地址，和杨村这一带隔了敌人一条封锁线，从此杨大用再也见不着铁蛋。杨大用见了小舅子就说：“生是听了你的话把个孩子弄丢了。”他小舅子每听到他说这话，就只好低下头说：“唉！人没有前后眼，不过说不定以后还会因此好起来哩！”接着往往是彼此不说话闷一会儿，到了要走开的时候，杨大用一边走着一边说：“好什么？再好还如得孩子在眼跟前……”

到了一九四五年日军投降之后，封锁线没有了，铁蛋也来了信，说是已经参加了边区政府，做财粮工作，并且已经结了婚。这消息传到了杨大用老婆的娘家，杨大用的小舅子马上就跑到杨村来探听。这次他很神气地向杨大用说：“我说得不错吧！念书人腿长——老师们、同学们人多得很，碰巧了有个连手，说上去就上去了。”杨大用听了这话，开头自然很高兴，可是紧接着对这种幸运就有点怀疑。他说："有事倒有事做了，可是为什么不给家里兑[1]个钱哩？""骑着驴找马嘛！管财粮还怕没有钱取？不要着急，以后缺不了你的钱花！"

杨大用又等了一年，仍不见铁蛋寄钱回来；去信告了几次艰难，回信说现在干部是供给制，没有钱，并且说已经给村上去信，托村上对家里加以照顾了。

村长（是杨大用的一位本家哥哥）接住铁蛋的来信气得有点冒火。他拿着信找到杨大用家里向杨大用说："土地给你退回来了，斗争果实你也分到了，父子们两条大汉种自己的地、过自己的日子，有什么困难？为什么写信去打扰孩子，让孩子怀疑这地方还没有做土改工作？""我没有说这些呀！信是我念给他舅舅写的。""你说退地来没有？说分果实来没有？""也没有！""没有说那个，又说你有困难，难怪孩子不那样估计！现在我问你：你究竟有什么困难？""没有什么困难！我不过想说得困难一点儿，叫他给我寄个钱来。""财迷转向！""这不是什么财迷，我打发他出去还不是为了赚个钱吗？他也做了几年事了，为什么一个钱也不往家寄？"村长听了他这番话，觉着有点哭笑不得，便叹了口气说："唉！除了分果实，开一万次会也请不动你！这除了怨我不会做工作还能怨谁哩？

① 兑，汇款的意思。

你以为如今的干部们还跟以前的官一样，人人都是为赚钱才去当的吗？土改工作队来了，赚了咱村多少钱？咱村在外边当干部的，大小也有三四十个人，他们都寄回来多少钱？”“可是我也这么大年纪了……”“连四十岁都不到，你多么大年纪了？”“……这两年腿也有点疼……”“要是还分一次果实的话，管保你还是比谁也跑得快！”“……难道跟孩子要个钱花也要错了吗？”“唉！跟你这财迷心窍的人说话，很难说明什么道理！做你的老太爷去吧！”村长说着便气昂昂地走出来，杨大用在气头上也没有出来送他。村长在里边说话的时候，有几个人站在窗下听，一边听着一边笑；等村长出来之后，有个好事的青年，跑进去看了看杨大用的脸，出来和外边的人们说：“老太爷的脸色跟烤过的红薯差不多。”

又隔了一年（一九四七年），刚收完秋，铁蛋回来了——个子长得比他爹还高，穿着一身整整齐齐的灰制服，背着一个四方背包，挂着一个小皮袋，和所有的解放军一样，背包外边插着一双鞋，皮袋带子上吊着个小搪瓷碗和一条洗脸毛巾，只有服装的颜色和军人的不同。他的面容已经没有当年离家时候的孩子气，只有眼神还像小时候那个劲儿——假如家里没有个金蛋来对比，谁也认不出他就是铁蛋来。

杨大用一家子见铁蛋回来，自然都是欢天喜地的。杨大用老婆拉住孩子前后左右看了又看，一边看一边说：“孩子长成人了！……好！拳大胳膊粗的！……你媳妇就不回来认一认家？”“她有工作，离不开！”

村里每逢着新从外边回来一个人，照例是街坊邻里挤下一屋子来问长问短。铁蛋是太阳没有落山就回来的，可是直到掌灯时候，来看的人还是往来不断。

吃过了饭，铁蛋的妈妈给铁蛋安排日程：“今天夜里淘一点儿麦子，明天前晌晒晒、后晌磨磨，后天蒸几笼馒头，大后天去看看你舅舅，大大后天去看看你二姨，大大大……”“妈！你快不要这样安排！我后天早晨就得走！”“这可由不了你！”“自然不能由我，后天中午机关汽车在县里等我，晚上还要赶到专署集合！”杨大用一听这话着了急。他说：“不行！我有好多话要跟你说，光说说一天也说不完！”“多少事也得在明天一天办完！”……

“大用叔！开会！”一个青年闯进来把他们的话打断。这青年把眼睛凑近铁蛋端详着说：“这是谁？”铁蛋也认不出对方是谁，但是他知道一定是村里的熟人，便一边拉住他的手一边问他爹说：“这是哪一位？”“是你后院三伯的老二嘛！”铁蛋想起来了：“福来！我是铁蛋！”“铁蛋哥！要是在路上遇着的话，我真不敢认你。”接着便和别的邻居们一样，问了一阵子外边情况，不过他是村公所的文书来通知杨大用开会，顾不上像有些老人们那样多拉闲话，简简短短问候了一下，话又转入本题：“……铁蛋哥你歇歇，以后有工夫再谈。大用叔咱们走吧，别的人都已经到齐了。”“我不能去了！铁蛋回来我还没有顾上问问情况哩。”“不！村长说一定叫我把你请到。”“金蛋不是已经去了吗？去一个还不行？”“不行！各是各的事！”“你回去吧，我一会儿就去！”“你可就来！”“对对！”福来只好暂且回村公所去，不过他知道再来两次也不见得准能请到。

大用和铁蛋在外间坐，铁蛋娘在套间里坐；外间点着灯，套间里没有点灯。福来出去后，铁蛋娘从套间里伸出头来说：“他爹，你进来一下！”大用进去了。铁蛋娘悄悄说：“孩子走野了，得屈一屈他的性子哩！千万不要放他后天走！”“这个自然！最重要的是得套出他的实话来——究竟一年能落多少钱！”

他们才说了这几句悄悄话，福来就又返回来了。福来一进门先向铁蛋说：“铁蛋哥！村长正召集人开会，顾不上来看你。村长见我说你回来了，想请你在会上给大家讲讲话哩。”“开什么会？我也没有个准备。”“南下民工家属大会。”“是那个会，好！咱们马上就去。我就是为这事情来的。”说着站起来就拉住福来的手往外走。大用从套间里伸出头来探望，福来一见就向他说：“大用叔！咱们一块走吧！只等你一个人了！”“好！你们走吧，我马上就去！”

“南下民工家属大会”是个什么性质的会议呢？原来刘邓大军[1]要在这时候往大别山进军，因此要动员当地民工支援前线。这次动员的民工，和以前每个战役支援前线的民工不同——那是临时性的，这却要有一年半载的长期性，而且要经过好几个省，所以在选择的时候要选年轻力壮的，家里有两个以上男全劳力的，而且要本人自愿报了名，又得到家庭的同意。杨村的做法是先由在民兵年龄的人自愿报名，再由村武委会审查条件把不够格的抽去，再开一次家属会把家属的思想打通——打不通家属思想的可以不去。杨村的定额是十五名，报名的有三十二名，经过审查合格的有二十五名。当铁蛋回来的这一天，报名、审查两步工作都已经做过，只剩下打通家属思想这一步了。这种会议也已经开过一次。在开的时候，村长做过一次动员报告，并且告大家说他自己带队去，请大家放心。报名的青年中间有杨金蛋，那次家属会议人来得不太齐，杨大用自然是个缺席的。在讨论的时候，有个四十来岁的中年人说：“我们都是些老民工，运粮、破路、抬伤兵、送弹药什么没有干过？不用说叫孩子们去，就是让我们自己去，也不至于顶不下来。依我看这二十五个人中间，就怕

① 刘邓大军，解放战争时期刘伯承、邓小平率领的南下作战的军队。

金蛋有问题——'老太爷'那一关先打不通!"另一个人开玩笑说:"'老太爷'的话好说!你把他请得来让我跟他说!""还跟你不说一样!只要你能请得来,说服的事包给我!"……讨论过后,村长说:"今天人也来得不齐,会就开到这里,不做决定。大家回去考虑考虑,和家里别的人商量商量,改日咱们再来商议!"铁蛋回来这天,是做最后决定的时候了。县里要各村在第二天把最后决定的名单送县,并且让决定去的民工积极做出发的准备,一礼拜以后就要出发。

福来先把铁蛋领到办公室,然后到会场上把村长请到办公室来。铁蛋和村长打过招呼。村长问他说:"你是请假回来看看呀,还是出差路过回来看看?"铁蛋说:"是出差路过!边府派到咱专署六七个人来了解南下民工动员情况。我前天就到了咱县,昨天在县里住了一天,问了问准备进度,县里说各村名单明天才能全部送到,大部分村庄的动员工作深入可靠,有一部分敌人没有到过的偏僻山庄,工作差一点儿,不过先进村庄的超额数字满可以把额数补足,大体上没有问题。我趁这一天多的空子跑回来看看,后天上午要赶回县去;要是没有问题的话,后天下午还可以乘专署的汽车赶回专署去!"铁蛋又问村长本村的动员情况,村长说:"没有问题!保证超额完成!我自己带队去!"铁蛋说:"我也去!边府要去好几十个带队的！”

村长让铁蛋给民工家属讲话。铁蛋进入会场，老长辈们很亲热地围住他问长问短，要他给谈谈解放战争形势。他先把各个战区的胜利谈了一下，又念了一些俘虏蒋军高级军官名单，接着便谈了一番革命要彻底的道理。他说：“……从咱这个解放区来说已经是全部解放了，可是要不解放全国，这个局部解放还不是完全可靠的！我们这老解放区，应该支援未解放区……”他讲完话之后，有个中年人向他说：“铁蛋！叔叔我是个直性子人，有话存不住！审查合格这二十五个人中间，就怕你兄弟金蛋有点靠不住，因为跟你爹说话很难说。你要能把你爹的思想打通，咱们这一项工作就算彻底完成了！”村长紧接着他的话说：“孩子才回来，你不要难为他吧！他这干部到县到专署说话还有人听，到他爹名下可说不应！不用跟他说了！少去一个也没关系！”

会散了，铁蛋在回家的路上打了打怎样说服他爹的主意。他从他爹寄给他的信上知道他爹思想落后，不过对那种落后的程度还估计不足，因此还想说一下试试。

他一进屋门，他娘埋怨他说：“怎么这时候才回来？早把你爹等急了！”铁蛋问他爹说：“爹！你怎么不去参加会？”“你回来了，我有好多要紧话要跟你说，别的事哪里还放得到心上？”“什么事？你说吧！有什么想不开的，咱爷们商量商量！”铁蛋还以为他是不愿意让金蛋去当民工，所以才这样说。他爹先叹了一口气说：“唉！这叫我从哪里说起哩？减租清债那一年把咱的地都退回来了……”“好嘛！革命就是为了叫大家翻身嘛！”“……有地了，又参加了互助组……”“那更好！互助起来力量大！”“别人的力量大，咱可不大……”“怎么不大，你和弟弟两个强劳力……”“什么强劳力？我这么大岁数了，腿又不得劲，不做吧，评工记分、等价交换，记不上工就得找人家工资；做吧，自己又做不动。跟别人两家分得了个小驴，也十来年口了，犁一天地只抵八分工……”“这都是些家常话，以后再谈吧！你不是说有要紧话吗？”“这就是要紧话，等我慢慢给你说！你舅舅的一个邻家，有个好驴，三尺四大，银灰毛色，四年口，生得又整齐，活儿又……”“你说那干吗？我又不是贩牲口的！”“……生得又整齐，活儿又好，紧着要卖，才说一百五十万块钱（一万约合现在一元）。我想咱要把它买来，犁一天地准能评到十五分工，省得你爹这两条病腿到地里去受！”“你有钱吗？”“对！就是这个要紧！这就要你帮爹一点儿忙！只要你一百万，不够了爹自己筹划！”“我的爹呀！”铁蛋哭了，他没有想到他爹落后到这种程度。他想到刚才会场上那二十几个和自己爹年岁差不多的人那样关心国家大事，那样通情达理，又想到自己爹刚才说的那一番用驴工换人工的剥削计划，对比之下真见不得人，所以十分伤心。其实他了解得还不全面：用驴工换人工的理想他爹是有的，至于那一头三尺四大的好驴却并非实有其驴，不过是当他在会场上讲话的时候，他爹和他娘在他家的套间里共同编造出来的要钱的说法。铁蛋听了他这段瞎话之后，连一句话也没有回答他，哭了一阵，打开背包，钻进被子里。

铁蛋睡了之后，他爹悄悄和他娘说："要说的话都说了，还是不吐口！""不吐口怎么办？""明天去找他舅舅商量个办法！"

第二天早起，杨大用就去找小舅子。这个小舅子可真有些坏主意。他和杨大用说："善钱难舍！你得摆出当家人架子来压服他，就说：'你不给我赚钱我就不让你出去了'！"又给他计划了一些具体说法。

杨大用领了小舅子的高教，回来把铁蛋叫到跟前，照着小舅子教他的话说："铁蛋！咱爷们话也不要往远处说，你一月到底赚多少钱？"铁蛋见他把肮脏思想不包不盖地露出来，也就不再替他伤心，直接回答他："供给制干部要什么钱？当干部又不是做生意！""不赚钱你就不要给我出去了！留在家里给我好好做庄稼！""这可不能由你！我是国家的干部！""我不管你是谁的干部，你先是我的儿子！"他把话说绝了，铁蛋便扭头往外走——想去找村长。“往哪跑？给我回来！”他爹随后追出门来。铁蛋跑到村公所，他爹追到村公所。村长问明了情由，想了一想便向他们说：“父子们没有什么过不去的！你们先坐下歇歇，我还有点紧事要办，办完了给你们做个开解就完了！”他又转向文书杨福来说：“咱们先弄那个去！”说了就往门外走。福来想不起是什么事来，忙问“什么事”，可是当他问的时候，村长已经走出办公室，也只得跟出去。办公室留下了铁蛋他们父子两个，他爹坐在一把椅子上一言不发，他溜到福来的办公桌上看那还没有誊完的民工名册。

一会儿，村长和福来都回来了。村长看了铁蛋他们两个一眼，就向福来说：“这样吧：让他们面对面，说着就会顶起来。咱们两个人分分工——我把铁蛋领到他家去劝一劝，你在这里劝一劝大用，顺便和他提一提昨天夜里那事！铁蛋！你跟我回家去吧！”说了便领着铁蛋走出去。

福来向大用说：“老叔！金蛋要出省当民工的事跟你谈过没有？”“怎么出省当民工？我不知道呀！”“不知道回头再跟你谈吧！现在先来调解你和铁蛋哥争吵的事……”“不不不！你还是先说金蛋的事！”“说金蛋就先说金蛋！”接着把金蛋报名的过程交代了一下。大用一听自然是跳起来了：“不行不行！你们村公所尽捉弄人！这么大的事为什么背着我决定！”“没有背着！开了两次民工家长会，都没有把你请到嘛！现在还没有决定，一定得取得家长的同意才能决定！”“我不同意！”“不同意也可以，不过我可以给你谈谈应该去的道理！”“我不听！”“我们得把工作做到，你听完了要不同意还可以不同意！”接着又把全国形势和革命要彻底的大道理讲了一遍，比铁蛋头天夜里在会场上讲的要长得多。他还没有讲完，村长就回来了。大用一见村长，也不听福来讲了，转向村长说：“老哥！金蛋去当民工的事我不同意，说上两天也白说！”“你不同意不让他去好了！铁蛋那脾气真冲！我跟他说着话，一时没有留神他就背起行李跑了！”“啊？”“就那么跑了！我和他娘撵了半天也没有撵住！”

这是村长叫福来用话把大用拉住，自己去把铁蛋放跑了的。他出了办公室门，走着路跟铁蛋说：“你爹的思想很落后，听上那个鬼舅舅的话，光想在你身上打点主意。你现在就到县里去吧，‘夜长梦多’，这家里待不得。你的行李打包现成了没有？”“没有！”“到了你家，我劝你，你不要理。你只管打你的背包，打好了你背起来一跑，我在后边一撵，你就算走开了！我也好交代你爹！”

铁蛋这次就是这样走开的。村里人背地里都埋怨大用说：“把孩子逼跑了，你可好好摆你的老太爷架子吧！”

一九六二年一月写于太原

张来兴[1]

县里兴建的一座水库，早在三年前就落成了。水库里养的鱼很多，已经给这素不吃鱼的山区，形成吃鱼的新习惯。在一次县人代会开会期间，大会总务处为了让全县代表都赏识一下本县产的鱼，就决定在最后会餐的席上特加一道好菜——煎鱼。

要会餐了，招待所长廊式的餐厅上，餐桌排成了一个单行。这个招待所是由没收汉奸何老大的“何家花园”改建的。这餐厅原名“来爽轩”，建在荷花池边，隔着窗户可以赏花。人还没有到齐的时候，先来的委员们、代表们都临窗站着看荷花稀处的鸭子游动，等到招待员端上饭菜来，才都就座。

第三道菜便端上煎鱼来。鱼是整条煎的，都是三四斤重的中等个头。山区里近几年来虽然普遍吃鱼了，可是还没有煎整条鱼的习惯，因而也没有盛鱼的椭圆盘子。这次

---

① 原载 1962 年 5 月 19 日《人民日报》。本书据《下乡集》。

端上来的鱼，都是用茶盘大小的圆盘盛着的，鱼头鱼尾都闪出盘边之外。

没有吃过整条煎鱼的代表们，对着盘子发愣，不知该从哪里下筷，只好等有经验的代表们动手之后，自己再跟着来。有几张桌子上的代表们全是没有吃过整鱼的——虽然每张桌子上都有一位或几位新选出的正副主席或委员作陪，可是陪客的不会吃也无法让客；桌子又摆的是单行，也不便于从旁参考——后来经过一番调整，才给每桌上至少调进去一个有经验的加以指导。

大家吃过几口鱼之后，有一位在南方住过的代表发议论说："这鱼煎的完全是南方的口味！这位领做的大师傅一定是南方人！"

第三桌上一位名叫王世恭的代表接话说："你猜得有点道理，不过他不是南方人，是我村子里人！"

"那一定在南方待过！""对！抗日战争以前，在亳州待过二十多年；回家来以后，在抗战开始的前两年还在咱们县伪县政府财政局做过一年饭，后来因为脾气刚直，顶撞了局长，才被辞退了。那个局长也姓张，就是后来和地主何老大一起投了敌被咱们捉回来枪毙了的那个张维。"

"这位老师傅的岁数一定很大了吧？""七十五岁了，是我们村里年纪最大的老汉！这位老人家很不平常，骨头硬，当年在那个财政局里，把张维抢白得出不上气来！"

王世恭代表这么一说，大大引起了前后几张桌子上代表们的注意。坐在第一桌的县长听了，问一个端菜的招待员说：“这位老师傅在咱们招待所参加工作吗？”招待员说：“没有！是咱们临时请来指导做鱼的！”县长敲了敲桌子说：“请各位注意：咱们用着七十五岁的老人给咱们做菜，我觉着有点当不起！咱们请这位老师傅到这里来喝杯酒好不好？”大家自然都赞成，可是让招待员去请了一次，回来说：“老张师傅说谢谢各位，他现在还腾不开手，等一会儿再来！”

就在老张师傅还未到餐厅之前这一阵子，靠近第三桌的一些人要求王世恭代表讲一些老张师傅在伪财政局的故事。王代表便做了如下的叙述——虽说他的话常被人打断，可是断断续续总算把老张师傅的为人讲明了。

我们村子里，从前有好多人在安徽的亳州做生意——各行各业里都有，老张师傅是当厨师的。

老张师傅名叫张来兴，当年在亳州是一把好手，后来因为脾气刚直，得罪了东家，东家便把他辞退了。他从亳州回来，便待在家里学种地。他家只有三四亩地，顾不住生活，农闲时候，常到县城里来卖熏鸡。他到那个财政局小灶做饭还是我介绍的。那是一九三五年的事。那时候我才二十岁，因为升不起学，在那个局里当录事。[1]我听庶务员[2]说要找一个厨师，便向他介绍这位张师傅。我说："这人是一把好手，就是脾气有点太直爽。"庶务员说："只要饭菜做得好，脾气没有关系——有什么脾气到衙门里都使不上。"话就是这样说定了，张来兴老师傅便到局里上了工。

以前听说这位老师傅有脾气只是"听说"，等他到局里来了之后，我才真正认识了他的脾气。他不像庶务员估计的那样怕衙门。他认理真得很，自己有理的事，连一句话也不让。

我和他因为是一个村子里人，所以当他在开过晚饭、洗过家具之后，我往往好到厨房里找他聊一聊。有一天，我又到他厨房去，他刚刚洗罢了碗，连炉边还没有擦。这时候，我已经听见对过局长室里有搓牌的声音。我指了指局长室笑着向他说："今天都来得早！"他说："早也得打到半夜，迟也得打到半夜！什么财政局？依我说不如干脆叫成牌政局！"

张维喊："杜禄！开壶！"杜禄就是咱们招待所灶上现在这一位杜师傅。他的手艺是跟老张师傅学的；这次老张师傅来指导做鱼，也是他亲自去请来的。当年间他才

---

① 录事，旧时称机关中擅写文件的职员。

② 庶务员，旧时机关团体中负责勤杂事务的人。

十七八岁，也在那个旧财政局里当差。

当时张维叫杜禄叫不应，就改叫“老张”，张师傅答应说：“壶还不开哩！”“杜禄哩？”“不知道！”我看了看，两把铁壶都正在火炉上开得翻滚。我说：“来兴叔！你替他送一下不好吗？”他说：“谁的事谁干！局长先叫的是他！况且提壶也该是他的事！”我说：“他是局长用熟了的人，你是才来的，还是让着他点好！”他说：“讨厌处就在这里！我这人就是见不得这种神气——说句话先把局长的旗号打在前边，好像他是局长的传令官！是我分内的事，传令我也没有什么说的；不是我分内的事，谁想要我做，谁就得和我商量，传令不行！”

谁介绍的人谁关心。当时我听了他那番议论，担心他和杜禄的关系搞不好，可是又过了不几天，他们的关系就变好了。发生变化的关键是这样：

张维这家伙好应酬，每天晚上不是约几个人来打打牌，就是到他干爹何老大家里去问问安，夜里一两点钟以前没有见他睡过觉，白天十点钟以前也很少见他起过床。晚上他不睡，杜禄也不得早睡；早上他可以睡到十点以后，杜禄可要在八点钟大家上班以前把他管的几间房子打扫出来。杜禄是个十七八岁的孩子，晚上熬了眼，早上自然也不会起得十分早，因此起来之后先得打扫每天有人按时上班的房间，而把会议室和局长室的房子放在吃过早饭以后才打扫。他知道反正会在局长起床之前打扫完毕。可惜任何事情也不便保证绝无例外。有一天，局里有人要到省城里去，张维太太要给她在省里做事的女婿带点东西，并且要张维替她给女婿写一封信。公共汽车九点半开车，所以张维只好在八点半就起来。他起来之后，连洗脸水也没有顾上要，先到办公间里来准备写信。这时候的办公间里，桌子还在正中间放着，麻雀牌还散在桌上，纸烟头、花生皮扔下一地。他气极了，把杜禄叫去足足骂了半个钟头，好在他怕误了写信，才让杜禄退出来。当差的和当差的总还容易接近一些，杜禄受了张维的气有冤没处说，就跑到小灶上向张师傅诉苦。张师傅在这几天里也觉着杜禄并非诚心诚意倾向张维，这阵子见他挨了骂，马上就和他表同情。张师傅悄悄跟他说："你不要吭声，让我借着你替你骂他几句！"说着便转过身来，朝着门外大声说："哭什么？你挨骂怨谁？你这家伙，夜里不睡，早上不起，人不像人，鬼不像鬼，干的是什么正事？你自己没有事，难道人家别人也没有事吗？"他这样一骂，杜禄觉着很解气。从这以后，他们两个人的关系很快就好起来——杜禄渐渐把张师傅当作自己的保护人，张师傅也把杜禄当作还需要有大人照顾的孩子。

又一个晚上，杜禄来请我到小灶上去。我只当是他们两个人又闹什么纠纷，便跟了去准备为他们和事。我一进去，见地上摆着一张矮桌子和三个矮凳子，桌子上摆着酒壶、酒杯、一碟子炒鸡蛋和几碟子素菜。我问张师傅为什么摆这场面，张师傅笑了笑说：“这是杜禄这孩子开玩笑！”杜禄先让我坐下然后跟我说：“是这样，王先生，我要拜张师傅为师父，跟他学手艺！请你给我们做个介绍人！”说着又让张师傅坐下，然后给我们每人斟了一杯酒。张师傅说：“杜禄这孩子总还有点孩子气！我见他在灶上帮个忙手脚很灵活，用什么家具都像个架势，就跟他说只要他想学，我就把自己的一些小手艺都教给他，没有想到他就去铺排了这么一套。做饭菜本来是些琐碎活儿，没有什么了不起的艺道，只要跟着多做一个时候就都会了。管他谁是师父谁是徒弟哩？”我说：“不过经过这么一个小场面也好！这样，师父教得会更认真，徒弟学得也会更专心！我祝你们前途顺利！”这样他们便正式建立了师徒关系。

张师傅在那里只待了不满一年，来年——就是一九三六年秋天，和张维闹了一次气，就离开了。闹气的原因很奇怪：张维有一次到他干爹何老大家里去，恰碰上何老大的姨外甥女婿送来一些干海菜。张维一见那些不常见的东西，就和何老大讨了几样拿回局里去。这些东西他也不全认得，拿回去把张师傅叫到房子里好像考试一样地一一细问，并且问他会不会做。张师傅一看，也不过是些海参、鲍鱼、江瑶柱[①]、黄鱼之类的寻常海味，自然没有不会做的，第二天做给他吃了几样，他很满意。有一天，何老大要给一个孙子娶媳妇，张维头天晚上去送礼，顺路献殷勤说局里有个厨子，特别会做海味，可以打发去帮个忙；何老大也愿意接受。他先叫杜禄传令，张师傅不去；他打发庶务员去跟张师傅说，张师傅也不去；他又亲自跟张师傅说，张师傅还是不去。他下不了台了，听说张师傅跟我是一个村里的，才又托我去跟张师傅商量。我见了张师傅说明来意之后，张师傅说："请你原谅我！这个事我还是不能去做！干哪一行有哪一行的规矩。要请人做菜，先得派个主事的人去和人家商量——准备办多么大场面，已经置备了些什么东西，先让人家知道个底，再问人家还要配些什么菜、什么作料，配货单子一定得请人家领做的人亲自开。像他这样，明天要摆席，今天晚上叫我一声让我马上就去，我是他家的狗？我就连边沿也拍不着一点儿，去干什么？我又不是他家的狗！"我说："你想他们那些大户人家办事，事先能没有个准备吗？他家里自然有大师傅，我想要你去不过让你帮个忙罢了！"他说："要我去剥葱叶、洗萝卜吗？那点活谁不会做？为什么非要我去不行？谁答应的谁去吧！我是不去！"我说："老

① 江瑶柱，江珧的闭壳肌干制后叫江珧柱，是珍贵的食品。干贝通常也叫江珧柱。瑶，也作"珧"。

叔！你们当厨师的，就都只能自己领做，不能帮别人做吗？”“那除非领做的亲自说话！比方修房子吧：请小工是东家的事，请匠人就得领做的亲自去搭班子，东家不能替请。干我们这一行也和那个一样！要是他何家的大师傅来请我，不论我答应不答应，总还有个商量头；局长派我去可不行！人家认得我是老几呀？”我觉得张师傅这番话很有道理，只得就用这话去交代张维。

张维还没有听完我的话，看了看表已经是夜里十点了。他再也顾不得听下去，就打断我的话说：“道理不要讲了，讲结果！去不去？”他这样问，我也只好说“不去”。他火了，马上把张师傅叫去说：“张来兴！我命令你马上到何家去！”张师傅摇了摇头，低声说：“我不能去！”“没有商量头！不论你愿意不愿意总得去！”“不要耽搁人家的事，让人家请别人吧！反正我不能去！”张维把眼一瞪，提高嗓门说：“反了你！一个穷厨子，摆什么臭架子？好大个厨子！就算我这个局长劳不起你的大驾，难道连何先生也劳不起你的大驾吗？你那眼里还有谁呀？”老张师傅把脖子一扬，很认真地回答他说：“局长！我姓张！”这一下差一点儿没有把张维气死，气得他直瞪着眼、大张着嘴，足有一分钟没有说上话来——因为他也姓张，可又是何家的干儿子。他从椅子上跳起来，举起巴掌恶狠狠去打张师傅，被张师傅一闪打了个空，自己反而摔倒地上。张师傅趁这空子走出来。他再也想不到个出气的办法，就叫庶务股马上撵张师傅走。

张师傅就这样离开了那个财政局。他临起程的时候跟杜禄说：“别的什么我都丢得开，只可惜还没有把你教成个全把式！”杜禄说：“谢谢师父！你不要惦记我！眼面前这点活儿我都拿得起来了，虽说没有学会做鱼，可是咱这地方就没有鱼，学不学都一样！”

就在那天晚上，杜禄替他背着行李，把他送到家。王世恭把张师傅的故事说到这里，张师傅就来了。张师傅多年没有遇上摆大筵席，手头有点痒痒，如今虽说上了年纪，遇上这大一点儿的场面，还想温习一下他的老手艺，所以他一道菜也不肯放过，一直顶到最后端上汤去，才算腾开了手。杜师傅招呼着他洗过手脸、换上衣服，就扶着他到餐厅来。

他走进餐厅，无论走过哪一张桌子，那里坐的委员们、代表们都站起来欢迎他，杜师傅也随着给他介绍谁是县长、谁是副县长、谁是什么委员、谁是哪乡代表。

老张师傅走到第一桌，县长起来和他打过招呼，然后敲了几下碟子向大家说：“各位委员、各位代表：今天咱们大家吃这几桌好菜，是这位七十五岁高龄的老张师傅亲自指导做的。我建议为了感谢这位老师傅、为了这位老师傅的健康干杯！”一阵掌声过后，大家都干了杯。老张师傅虽说上了年纪，可是精神很好。耳不聋、眼不花，喝起酒来还很利落。他见大家为他干杯，很感激也很客气地说：“谢谢诸位的抬举！多年不做了，做起来有点手生。活儿都是年轻人干的，我不过是挂了个名儿！哪里做得不到位，请大家多提意见。”

干过了杯，杜师傅便又扶着张师傅往外走，又走过第三桌，王世恭代表拦住他们说：“我知道来兴叔还能喝几杯，杜师傅也好喝。来！让来兴叔坐下，咱们再喝几杯！”说着自己便离开座，让老张师傅坐。结果三个人谁也没有坐。一个招待员又拿过两个空杯来给他们斟上酒。三个人又碰饮了一杯。王世恭是个老来调皮，他向老张师傅开玩笑说：“来兴叔！你不是不到何家去吗？这里可是何家花园呀！”老张师傅看了看窗外的荷花池，笑着回答他说：“不错！是那个地方，不过现在它不姓何了！”王世恭又向杜师傅说：“杜师傅！这一次你可学会做鱼了吧！”杜师傅也笑着说：“我师父说过：‘鱼也数不清有多少种，做法也数不清有多少种。’一时如何学得完？只好以后继续学习吧！”他们又碰饮过一杯，彼此拱了拱手，老张师傅和杜师傅便在众人欢送的掌声中走出餐厅。

一九六二年五月，为纪念《在延安文艺座谈会上的讲话》发表二十周年试笔

互作鉴定[①]

光明公社第三大队第一生产队队员刘正，给县委会李书记写过这样一封信：

李书记：

我是咱们县立第二中学去年暑期毕业的一个初中毕业生，毕业后回村参加了农业生产工作。我知道有文化有知识的青年参加劳动生产是光荣的，是有前途的，只是我还是个今年才满十八周岁的孩子，很需要有人加以培养、教育，给以帮助。眼前我所遇到的不是这样一个温暖的环境，而是一个冷酷无情的角落——同学们排挤、讽刺，队长打击，周围的人对面冷眼相看、背后挤眉弄眼……这样冷酷的地方，我实在待不下去。

① 原载《人民文学》1962 年第 10 期。本书据《下乡集》。

李书记！你是不是会以为我的神经过敏呢？不！这不是我随便猜想的，有以下事实为证：

我才上了几年初中，知识有限得很，因此便想找机会学一点儿在生产上真正有用的知识。这难道也是错的吗？和我同时毕业回到村里来的连我共有四个人，他们三个也同样有这个想法。去年有两次学习的机会（一次学养蚕，一次学开锅驼机[①]），我们四个都报过名，其中有两个因为父亲是干部，被派去了，我和一个名叫陈封的同学没有被选上。我说队长有偏心，队长就召集全队的人开会批评我，说我不安心劳动，光想往外走。最可恨的是陈封——他同样和我提出学技术的要求，同样和我没有被选中，等到队长说我不安心的时候，他为了在队长面前讨好，也说我不安心。在会上数他发言次数多，攻得我也最猛烈。我爱学着作诗，难道也是错误吗？陈封在这一点儿上也讽刺我，叫我诗人，引得大家都叫，叫得我受不了。他并且作着诗骂我说：“像一条水龙呀，冲向你自己的屁股。”我要求在大队的

① 锅驼机，锅炉和蒸汽机连在一起的动力机器，有的装着轮子，可以移动。它以煤炭、木柴做燃料，可以带动水车、发电机或其他各种机械，适于农村使用。

蜂场学养蜂，大队批准了。我参加工作的第一天，蜂蜇了我的头，副业主任和他的女儿幸灾乐祸，看见许多蜂落在我的头上也不管。第二天，他们说我不会管理蜂，调我帮着修理蜂箱的木匠拉大锯，一拉就是半个月。我觉着光拉大锯也学不会养蜂，才又要求调回生产队去。这明明是副业主任父女们想包办蜂场，排挤别人，可是等我把这情况反映给大队长，大队长又听了副业主任一面之词，批评了我一次。

今年春天浇麦子时候，在安装锅驼机那一天，分配我的工作是清理渠道上的树枝。我把我应该做的工作做完了，可是夜里记工分只给我记一厘——就是一个劳动日的百分之一。因为大家都在挤我一个人，我一时说不过他们，就说“我情愿白尽义务，不要工分”，大家说“不要也不行，一定要记上一厘以做纪念”，并且把这“纪念工分”发表在第二天的黑板报上。恶毒的陈封，又得到了新的讽刺资料，把“诗人”那个称号的头上又加了“一厘”二字，叫我作“一厘诗人”。

不举例了！我在这里遇到的受气的事，写起来一个月也写不完。李书记！你看这样环境能活人吗？周围的人都像黄蜂[1]一样，千方百计地创造着刺人的方法来刺伤我的心灵，怎么能叫我忍受得下去呢？

李书记！我用几乎绝望的声息向你呼吁，要求你救我脱离这黄蜂窝。我情愿到县里去扫马路、送灰渣……做一切最吃苦的事。我什么报酬也不要，只要你能把我调离这个地方，就是救了我。

李书记，我以后的生命就寄托在这一封信上了。你能答应我的请求吗？急待你的回音！谨向你致以最崇高的敬礼！

光明公社第三大队第一生产队最可怜的

队员刘正一九六一年五月十日

他把这封信用双挂号办法发出去，第三天便接到了盖有县委会收发室公章的回执。他想：“石子扔到河里，大小总可以听到个响声；信既然交到县委会，早晚总会有个结果。”他开始虽然想得这样从容，可是又隔了两天就着了急，跑到公社的邮寄代办所打听有否回音——自此每天一趟，一连跑了三四次。同学们见他每天往公社跑，谁

① 黄蜂，也叫“胡蜂”，通称“马蜂”。头胸部褐色，有黄色斑纹，腹部深黄色，中间有黑褐色横纹，尾部有毒刺，能蜇人。是一种以花蜜和虫类为食物的昆虫。

也不知道他跑的为什么，私下免不了作为个研究的题目。陈封问过他一次，引起他一阵反感说："你管得着吗？"

就在这天下午，生产队长和他说："明天要开始锄谷苗了，闲工误不得了！在锄苗期间，有事出外村去，一定得请准假再走！"他一边答应着，一边还以为是陈封在队长跟前告了他的状，便和陈封恼起来，连话也不说了。其实陈封没有告过他的状，公社离这个大队十多里，去一次要误一大晌，一个人无故几晌不出工，不用说瞒不过队长，就连每个队员也都会觉察出来。

刘正就这样勉勉强强锄了三天苗，第四天早饭后，大家正在出发的时候，他便向队长来请假，说他的关节炎犯了，两个膝盖疼得蹲不下去，要到公社卫生站去看病。队长还没有答话，几个青年妇女咯咯咯地笑起来，其中一个嘴快的说："锄苗的开头几天，膝盖还有不疼的？"陈封说："恐怕是你们的关节炎都犯了吧？怎么没有听见小南院爷爷说疼？"说着指了指旁边一位花白胡须的老人。刘正翻了陈封一眼，又向队长说："队长！我是向你请假的，别人管不着这事！你准不准我的假？"队长见他毫无自觉性，便向他说："你叫我怎么说好呢？民主一下好不好？"刘正见这情势，知道自己占不了便宜，就和队长耍起无赖来。他说："队长是大家当呀还是你当？"队长见他这样不识好歹，便板起面孔向他说："队长自然是我当！这次假我不准！”“难道不准人腿疼吗？”“就因为一天跑一次公社把你的腿跑疼了！不让你去是爱护你！”“谢谢吧！俗话说‘皇帝还不使病人哩’！我不能上地！”大家见刘正这样无理取闹，都有点不耐烦了，用不着队长说话，就你一言我一语地顶住了他——“去不去随他的便吧！哪里在乎他做那一点儿？”“快找大队长把他调走！咱们队里放不下这种货色！”……

正争吵间，忽然听到汽车马达声。“嘘——汽车！”“还是咱的锅驼机响！”“不！你听！”大家正猜测着，马达声越来越近，不一会儿一部吉普车就停站在大队办公室门口了。大队长、支书都来欢迎客人。

突然感到丧气的是刘正，他认识这部汽车是县委会的，因为本县只有这一部吉普车的帆布篷子是绿色的。由于车子，他联想到车里坐的人可能是李书记，而李书记来了一定要谈自己的问题，而自己又刚和队长吵过架，而……越想越不妙。大家见汽车停下了，不约而同地凑近来看来的是谁，刘正也没精打采地跟了过来。

客人下车了，大队长和支书迎上来和客人握手。刘正见来的不是李书记而是王书记和生产办公室的一个人，才放了心——因为按县委书记们的分工，王书记是管农业生产的。他一位名叫陈茵的女同学叫了他一声，然后放低声音努着嘴说：“看！‘土头土脑……’”没有等她往下说，刘正就跺着脚也向她低声说："我揍你！"

刘正为什么着急呢？有这么一段小故事：前年他还在二年级的时候，学校里请王书记去给他们全体同学讲"学生参加劳动锻炼的重要性"，讲过之后在讨论的时候，他说过怪话。他说王书记是"土头土脑，小天小地，没有大志，只懂种地"。当时陈封说："这是你给王书记做的鉴定吗？"他吐了吐舌头。有人把这话告诉了班主任，班主任组织全班同学和他辩论了一次，都说他看不起劳动，侮辱党的领导人。他的同学陈茵，便是引用这桩旧事来和他开玩笑的。

生产队长简单地和王书记打过了招呼，回头便领着本队的人往地里去，没有再理刘正的茬。刘正这时候有点为难：他虽说看不起王书记，可也不愿意把自己这种无组织无纪律的行为嚷嚷到王书记的耳朵里；有心跟大家一块去吧，自己是来请假的，手里没有拿工具；还没有想到该怎么办，队长就带着全队的人走远了。他歪着头又想了一阵子，最后觉得还是去者为妙，于是就回家拿上了小手锄随后赶到地里去了。

王书记是从公社吃了早饭来的，略休息了一下就和大队干部相跟着去看生产。

他们先到养蜂场，见几个妇女正掀着箱盖往外提框子。党支书向一个妇女问："你爸爸哩？""摇蜜哩！"支书听了，就领着大家走进摇蜜的房间里——因为进来了好几个人，就有十来个蜂跟着飞进来；人刚刚进完了，一个青年妇女抢了一步过来把门关上。大队长指着一个五十来岁的男人向王书记介绍说：“这位就是副业主任！”王书记向副业主任去握手，副业主任拱了拱手说：“手上有蜜！”支书又指着关门的那个青年妇女说：“这是我们大队的团支书。”这位被介绍的人自己接着说：“王书记你好！我认识你！我叫李耀华，在县里一中上过学，听过你的报告！”“几时毕业的？”“前年！”“在村里待得惯吗？”“怎么待不惯呀？我就是在这村里长大的啊！”副业主任说：“不只待得惯，还[①]是我们这蜂场的台柱子！”王书记转向主任说：“蜂场上几个人？”“六个！”“几个女的？”“除了我全是女的！”大队长说：“他是老师！”主任谦虚地说：“什么老师？解放以前我不过在省城里卖水，后来在裕华蜂厂当过几年工人。如今青年们已经比我懂得的多了！”王书记又问：“你们的副业一共占几个人？”“养蚕归各生产队经营以后，大队的副业就剩这个蜂场了。还有两个木工，除照顾蜂场用的家具以外，还管修理各生产队的农具，收入合并在这里算账。”“每年共有多大收入？”“没有灾情的话，能见万把块钱的纯利；这两年因为天旱花

① “还”，最初发表时作“这”。

少，才能落两三千块钱！”王书记略为思忖了一下说：“这倒是个便宜事！一共才占八个人！”队长微笑着说：“这是我们村里的小摇钱树！群众对这事的兴趣可大哩！”提蜜框子的人走进来，王书记说：“你们工作吧！不打扰你们了！”说着便和大队干部们走出来。

他们走过一条水渠，见满渠的水正向菜园子里流着。王书记说：“看看你们的锅驼机去！”他们走到小河边，见半条小河已经被堵截住，堵成了二三亩大一个水潭，靠岸的一边，岸上有座新房子，马达声从房子里传出来，这便是锅驼抽水机所在的房子了。王书记指着渠道说：“这好像是一条旧渠道，渠道边的树都长这么粗了。”支书回答说：“十年了！这是一九五一年安装解放式水车时候开的！”说着话便走进房子里。还没有等介绍，管机器的姑娘便向王书记打招呼说：“王书记！你好！”王书记答应着，并且问她的姓名。她说：“我叫李晚秀，二中学生！”“几时毕业？”“去年！”“机器好用吗？”“好用！”“每天开吗？”“不！不缺雨的时候不开！”“那样子怎么计算工分呢？”“开一天记一天！”“不开的时候呢？”“回生产队生产去！”“别的活你也会做吗？”“不会做的就学习啊！”“和你同时毕业回村里来参加农业生产的有几个人？”“四个人！”“在不在一个生产队里？”“我在第二队，他们三个在第一队！”“你父亲是干什么的？”“也是种地的。我们的家庭全是庄稼人。”“你父亲是干部吗？”“是我们二队的副队长，不脱产干部。”“他们的家长哩？”“有两个是干部——陈茵的父亲是党支部副书记，也不脱产；陈封的父亲是大队会计，一年补贴二百个工。”“你们回村来生产，你们的家长都乐意吗？”李晚秀想了想说：“这主要得看我们自己——只要我们个人自己安心，家长们不会有多少意见，就是有点意见也好说服。”“你们自己都安心吗？”李晚秀笑了。停了一下她回答说：“大体上都能行，不过我可不能完全代表别人！”支书觉着她这话说得很准确，满意地微笑了一下，顺便看了一下气压表说：“小鬼！添得火了！”王书记说：“好！希望你们安心生产！社会主义建设中的全部家当，将来都是你们的！”说着就返身走出来，同来的人也都跟着离开了这座新房子，去看渠道的分布。

接着他们便到第一队的谷子地里看锄苗。一队的青年们见王书记来了，老远就鼓着掌喊口号：“欢迎王书记！”刘正见王书记到地里来，暗自赞赏自己刚才决定的英明。他想要是使性子不来的话，陈封这阵子一定会在王书记面前谮讼自己。他在这种满意的心情支持下，做活也就加了点劲儿，看上去还像个有突击性的青年。大家向王书记打招呼，王书记说：“你们锄吧！我随便看看！”大家就都又恢复了工作，陈封说：“我们几个学生是才学锄苗，锄不好，请你指导！”“你也是个初中毕业生吗？”“是！”王书记说：“不要着急！庄稼活儿只要能安心做，慢慢做着就都做好了。”跟在刘正后边锄的就是那位花白胡须的老人。他看着刘正锄的那两垄苗说：“小正今天的活儿做得能行！”陈茵开玩笑说：“这是我们的诗人‘大跃进’了！”陈封突然问王书记说：“王书记！听说你会治关节炎？”他这一问，引得一伙青年们咯咯大笑，几个妇女笑得接不上气来倒在地上。王书记看得出他们是开玩笑，还没有来得及反问，就见队长一本正经地站起来斥责陈封说：“小封！你怎么什么时候也开玩笑？不要闹了！对着上级领导同志一点儿规矩也没有？”“是！不闹了！”陈封痛快地接受了批评，大家又都好好干起活来。王书记看了一阵，就和大队干部相跟往别处去了。

下午，上地去的时候，一队长向刘正说：“今天下午你不要去地了，县委王书记要和你谈话！”

这一通知，使刘正想到是有人把他上午和队长顶撞的事反映给王书记了。他想：“这究竟是谁反映的呢？最大的可能是陈封——他在地里问王书记会不会治关节炎，难道不是想把这事透露给王书记吗？在地里，他的话被队长打断了，难道他在睡午觉的时候不会再去找王书记谈吗？也可能是队长——不要看他在地里不让陈封说下去，他可能觉着那样开着玩笑说，不如他用队长的身份告状来得有力量。陈茵哩？也有可能！别人哩？可能反映的人太多了！全队里几乎谁也是仇人！谁也不会替我说好话！不论是谁吧，事情既然反映上去了，就得想对策！”至于“对策”，他也想了好多。他以为这可不能“主观主义”，要看对方的状告得轻重和王书记对这事的态度——要从“客观情况”出发，不过“原则”一定要“坚持”——坚持自己“真有”“关节炎”，才能立于不败之地。他以为这也是“马列主义方法”的运用。

刘正运用了一阵他的“马列主义”之后，还不见王书记打发人来叫他谈话。他着了急，亲自到大队办公室找王书记去。他以为这也是“争取主动”之一法。找到王书记了，王书记正和大队长谈话，要他暂且回家去等一等。他走出大队办公室，觉着情况对他更不利了——他觉着大队长一定在王书记跟前败坏自己——因为他也和大队长顶撞过。他以为大队长的话既然说在前边了，自己已经准备好的对策就该有所修正。修正过对策之后，还不见有人来找，就又一次“主动”地找到大队办公室，可是王书记和大队长的话还没有谈完；一连“主动”了好几次，都是如此，气得他放弃了这种“主动”回房躺下，继续考虑他的“对策”。

一会儿，听见院里有人问刘正，他妈妈答应说在西房里。他从窗上看见是王书记来了，就很有礼貌地出来迎接。他把王书记迎进房里去，让在自己的书桌旁坐下，然后给王书记倒了一杯水，自己才坐下。他说："对不起，劳你亲自找得来！你只要打发人叫我一声好了！"王书记说："没有什么！到你们家来玩玩不很好吗？"坐定之后，刘正静待王书记先开口。这时候他反而不愿意争取主动。他以为王书记先说有两大好处：第一，可以知道是谁的原告，状告得重不重；第二，可以看出王书记对这事的看法如何。

王书记果然先开口了。他说："听说你们去年毕业的同学们，在村里团结得有点不够好，我想把你们召集到一处，让你们彼此谈谈心。现在先跟你个别谈一下，看你有什么意见！"

王书记这一提，使刘正感到自己遇上了最大的幸运。他想："这状一定是陈封告的，可是王书记没有全信了他的话，反而觉着是他和我有意见想借机会攻击我。只是要集合同学们到一处谈起来，没有我的便宜——谁也不会替我添好话，怎么办呢？我还是先攻击他们，说他们都对我有成见！"主意拿好，他便向王书记说："王书记呀！团结不是一方面的：人家每天都在围攻我，我怎么去和人家讲团结呢？"说着便哭了。王书记说："不要激动！正像你说的，'团结不是一方面的'，只是自己考虑这问题的时候，不要只考虑自己有理的那一方面。'围攻'这个字眼儿还是不要乱用的好！他们又不是敌人，为什么偏爱‘围攻’你哩？‘从团结的愿望出发，经过批评，达到新的团结’这个解决人民内部矛盾的公式，到你们名下难道就不适用了吗？所谓‘批评’，就是找不团结的原因。这原因也许在两方面，也许在一方面，不过在自己考虑的时候，最好是先考虑自己应该做自我批评的一方面——那样才便于主动解决问题！”

王书记讲这一段话，出乎刘正意料。他以为雇工出身的王书记只会讲“劳动生产的重要性”，怎么还会挑字眼哩？他以为像“激动”呀，“公式”呀，“适用”呀，“所谓”呀，这些词头只有上过学的人才会用，“土头土脑”的王书记为什么还会用得那么恰当呢？他想：“这个人不像我以前估计的那样简单，说话得小心一点儿！可是话总得说，要把给李书记写的信上的内容都说上，最后说明这地方再也不能待下去，要求他在县里给找个工作，不要在这里召集什么讲团结的会！”思罢，便开始按照计划讲起来。他讲到春天安装锅驼机时候的例子，特别补充说自己有关节炎不能下水，并且联系到当前说：“这病现在发展得更严重了，想去治一治，在队里也请不准假！”讲到要求王书记给他在县里找工作的时候，他说：“什么都行！我绝不讲价钱！再苦的事我也做得了！一样都是社会主义建设事业，难道不能让我到别处贡献自己一点儿微弱的力量吗？就算不团结的责任都在我一个人身上，我一走开不是就没有问题了吗？我不跟他们谈什么‘心’！我这一张嘴说不过他们！最好是走开了事！”

王书记一句话也没有插，让刘正把他的长篇讲话按计划讲完，然后考虑了一下才跟他说：“到外边工作的问题可以考虑，不过讲团结的会还要开！团结了以后往外走不更好吗？”刘正听到可以让他到外边做工作，兴奋了一下子，只是又听到“讲团结的会还要开”的话，觉着前边的话只是陪衬，便又追问王书记说：“王书记！你能答应给我找工作吗？”“谁也不能给谁强‘找’工作，这完全要看有用人的地方没有！”“县里有吗？”“县里没有，听说你们公社里最近倒要用几个人！”“干什么？我可以去吗？”他觉着就是到公社去，“发展”的机会也要比在村里多。王书记说：“可以！你知道你们公社的地界里有个小山庄叫‘八里沟’吗？”“知道，离我们村子才十二三里，一共才八户人家，也算一个生产队，我姥姥家就在那里！”“那更好了！你知道那地方开过砂锅窑吗？”“开过！我小时候到我姥姥家去，就常到砂锅窑上玩泥。不过在好几年前就停了，会做砂锅的人都是些老头，也都去世了。”“对！不过现在还有个老人会做坯。公社想恢复这座砂锅窑，想找几个青年跟这位老人学习……”“你是不是说让我到八里沟去学做砂锅？”刘正觉着王书记所说的工作和自己的理想相差太远，无心再听下去。王书记却一本正经地回答他说：“就是这个意思。公社也没有托我替他们找人，我不过是昨天晚上住在那里随便听到的。他们说此地十分需要有这么个砂锅窑，因为现在用的砂锅都是从二百里以外贩来的……”“王书记你不必费心了，我非常不宜于干这个！”刘正早就不耐烦听了。王书记说：“你不是说干什么都行吗？”刘正说：“你不要考验我了！这难道是国家培养青年的目的吗？”“难道经过国家培养的青年就不能烧砂锅了吗？你不愿干，公社自然会找到别人；愿意干，还得你自己去找公社。人家谁有闲工夫拿上个工作岗位故意来考验你呀？”王书记这几句话，把个刘正说得低下头来。刘正一向和人顶撞惯了，每逢占不住理的时候就好要个无赖。这次他刚刚顶了两句，猛然想起来是跟县委书记讲话，虽说有点自悔，可是话也收不回来了。王书记不慌不忙教训了他几句，见他低下头不说话了，才又缓缓地跟他说：“年轻人还是不要事事都‘自以为是’吧！你说人家都是有意和你作对，难道我也是参加了‘围攻’你的集团吗？你说我是‘考验’你，就算‘考验’你吧。你的病根子仍然在于不安心劳动，说‘什么都愿干’是个幌子，真正的意图还是想到外边找一个个人出头的机会！还是要你考虑我开始和你讲的那些话——不要光想自己有理的那一方面，应该准备做一些自我批评！就这样吧！你准备准备！晚上把你们召集到一块儿谈谈！”刘正还想找一些理由把刚才对王书记的态度装饰一下，可是还没有等他准备好，王书记便站起来要走，他也只好送出门来。

这天夜里，王书记住在大队会计的办公室里。王书记已经通知和刘正同时毕业的三个二中学生晚饭后来开会，因为谈的是青年思想问题，并且请共青团支书列席。

刘正因为下午讲话失言，想先向王书记解释解释，所以来得最早，可是还没有等他说到本题上，陈茵和陈封两个人嚷嚷着走进来。陈封没头没脑地说：“什么证明人也不用找，请王书记亲自跟咱们说！王书记！今天上午刘正向队长请假那事，究竟是谁反映给你的？”刘正原来估计是陈封干的，现在见陈封、陈茵一齐来问，已经知道不是他两个。他又估计那一定是队长了。他很慎重地等待着，想从旁听一听王书记回答陈封的话。王书记见这两个人来得鲁莽，问得糊涂，反问他们说：“什么请假的事？没有人向我说过什么请假问题呀？”陈茵紧接着问：“那么你今天下午留下刘正谈什么？”王书记说：“你们彼此间不是有意见吗？”“谁反映的？”陈茵、陈封一齐问。王书记说：“有意见只说谈意见，为什么一定要问反映意见的人呢？”这样一来，连刘正自己也被弄糊涂了。他想：“不是今天的问题，那么究竟是什么问题、谁反映的呢？王书记今天下午说的那‘团结得不够好’究竟指的是什么具体内容呢？无风不起浪。要是没有人反映，王书记怎么会知道我们不团结呢？……”

刘正正猜想着，李晚秀和团支书李耀华也进来了。陈茵问李晚秀说：“你向王书记反映过我们跟刘正有意见吗？”“没有！”“这就奇怪了！”李晚秀问：“什么事？你问得我摸不着头脑！”陈茵说：“今天下午，王书记找刘正谈话，我只当是有人把今天上午刘正请假的事反映给王书记了。我想谁这么嘴快，把出在我们同学身上的屁大一点儿小事也反映给县委书记哩？我问队长，队长说他没有说；问陈封，陈封说他没有说。我和陈封一同来问王书记，王书记说不是今天请假那事，是我们跟刘正彼此有意见。我问是谁反映的，王书记也不愿意说。我想我们应该自觉一点儿，是谁说的谁就承认起来，免得大家胡猜。”李晚秀向王书记说：“王书记！请你给我们说出来吧！不要让我们有事的没事的都不自在！”王书记说：“不要胡猜了！是刘正自己反映的！”刘正听了一怔说：“啊！我自己？”王书记说：“对！”“什么时候？”“今天下午！”“可是你和我谈话之前怎么会知道哩？”“你不是给李书记写过信吗？”

“那……”刘正自从下午听到通知那时候起，一直没有想到会是由于那封信引起的波澜，听王书记这么一说，像是有人敲了他一棒子，头上的汗冒得像刚从水里捞出来的一样。其他在场的四个人一听到这话，把眼光一齐集中到他脸上来，压得他把头低下去，再也不敢向谁看一眼。这一下可真造成了围攻之势，三个二中的同学一齐问有什么对不起他的地方。王书记说：“大家不要问了！刘正！你对大家有什么意见，还是开诚布公跟大家谈谈吧！从今天晚上大家对你的态度来看，你对同学们的看法有好多是不正确的。因为我下午找你谈了一次话，同学们怀疑是有人告你的状，不等你知道，人家就都互相检查起来了。这难道不是同学间的友谊吗？难道不是爱护你而是‘围攻’你吗？现在要你把你写给李书记的意见和今天下午向我口头反映的意见都在这里谈一谈，同学们要是和你有不同的看法也让他们谈一谈，最后看法一致了、责任分清了，不是就能在新的基础上团结起来了吗？”王书记打开皮夹子取出刘正的原信来说：“就依这封信上反映的问题的次序谈吧！先谈派入学养蚕和学开锅驼机的事：原信上说……”刘正见王书记念信，发急地说：“王书记！我求你不要念原信好不好？那封信我是写给李书记私人的！”王书记说：“小孩子家说话老实点好不好？你要求我不要念原信也可以，怎么偏要把它说成私人信件？真是私人信件的话，我和李书记都算违犯了宪法了！你和李书记有什么私人关系？信里谈的有什么私人问题？你向县里党机关的负责人写信说你在一个‘冷酷无情的角落里’，受到‘排挤、讽刺、打击’，活不下去，要他‘救’你脱离这个‘黄蜂窝’，难道能算是私人信件吗？李书记把‘救’你的任务委托给我了！今晚开这次会，为的是真正‘救’你！好吧！不念原信就不念原信，你只要把信里的……”“王书记！我要求念原信！”“我也要求！”“我也附议！”刘正的三位同学全说了话。团支书李耀华说：“王书记！我也觉着还是把原信全念一遍好——这样把问题全摆到桌面上来，一来谈着不闷人，二来可以把重复的情节合并一下。你看是不是可以？”王书记说：“那样也行，不过大家事前得有个思想准备。准备‘冷静’！不要一听就冒火！要知道思想上的问题不能用‘激动’来解决！不论有什么意见都要平心静气地讲道理！大家能不能保证这样？”“能！”王书记看了看大家的神气，然后把信交给李耀华说：“那就请你读一读吧！”

李耀华缓缓地、一字一句都摆得朗朗利利地读着信，陈茵、陈封、李晚秀三个人屏息恭听，只有刘正一个人两肘支在桌子上、两手托着下颌，无可奈何地等候这篇见不得天的妙文一字一句地传进同学们的耳朵里。王书记对这篇妙文已经很熟悉，不再注意听它，而却始终注视着每个人的神色，每当念到那些像“冷眼相看”“挤眉弄眼”“冷酷无情”“幸灾乐祸”等等刺人的字眼儿，只要有人一竖脖子或者一瞪眼睛，他就用手掌在空中一按然后轻声说：

"冷静，冷静！"当念到"周围的人都像黄蜂一样，千方百计地创造着刺人的方法来刺伤我的心灵"的时候，陈茵突然站起来指着刘正说："刘正！你真丧良心！""冷静、冷静！""我再冷静不下去了！"王书记也站起来用双手在空中按了几下说："不！还是冷静！要遵守诺言！"陈茵听王书记提到"诺言"，才又恢复了理智坐下去。一会儿，信读完了，王书记说："信读过了。刘正的意见也就是这些，今天下午谈的和信上写的内容完全一致，没有什么新的补充——要说有的话，只是补充说他有严重的关节炎。大家就这个范围谈吧！谈的时候，首先都要有自我检讨的精神，并且特别要注意平心静气！刘正准备了吧？按道理说，你的信，就算你在这会上的发言了，不过为了使你多有一点儿自我检讨的机会，我想建议其他同学还让你首先发言！"王书记转向其他三个人说："还可以让他先说吗？"大家同意了。

刘正的思想上似乎已经动了步。他站起来沉默了一下说："王书记今天下午对我的指导使我很感激。正如王书记说的，我的'病根子仍然在于不安心劳动'。我在那封信上写的那些事，虽说都有点影子，可是都不正确。我所以要那样写，为的是把这地方说坏一些，好让李书记可怜我，给我在县城找个工作地方。今天听到了王书记的教导，我已经感觉到对不起同学们，对不起大队长和副业主任，对不起学校给予我的栽培！我完全是错的，请同学们给以批评！”

他这段检讨虽然很简短，却起到了一定的镇静作用——同学们听完他这段话，每个人的怒气都消去了许多。不过他的检讨只能说是思想上动了步。他只是说出了已经被王书记指出来的真正动机，又把摆在同学们面前的无可辩驳的造谣事实总的承揽起来，至于在同学们面前逐条地、具体地去分析那些错误事实的严重性，他还没有做那种思想准备。

第二个发言的是陈茵。她说：“刘正这一次发言的态度我很赞成。我们回村来参加生产差不多一年了，生活检讨会也开过好多次了，只有这一次我们才见他说话老实一点儿。不过我觉着他这次检讨还是不够认真，只是把错误笼统地包下来而不想接触到具体的事实，只提了提对不起这个、对不起那个而不说怎样对不起。刚才听了他写给李书记的信，我觉着他这种行为是非常不道德的。例如他说不派他去学技术是大队长的偏心，照顾了干部的子女，并且说因为他向大队长提了这意见，大队长就召集人开会批评他：这不仅是一般性的不正确，简直是造谣！公社开养蚕训练班，决定每个生产队可以派一个妇女去学习。决定说可以派可以不派，可是没有说可以派男人。派我去是咱们生产队开会决定的，与人家大队长什么相干？至于大队长召集人开会批评他，那是派晚秀去学锅驼机那时候的事。那还在我去学养蚕以前，怎么能把两件事扯在一块？说起那件事，他简直该死！我们村里的青年是女的多男的少，所以凡是轻一点儿的劳动尽量让女的担任。这也是全村人一致同意的。要说照顾干部子女的话，陈封父亲是大队会计，晚秀父亲是生产队副队长，为什么不派陈封偏派晚秀呢？这一次我们四个人一齐报了名，大队长把上边的道理向他们两个男的讲明，陈封自动放弃了而他不放弃。他顶撞大队长说：'这不但是干部路线，而且是妇女路线！谁知道你们搞的是什么关系？'因为他说的太不像话了，大队长才召集我们开会批评他；召集的还只是我们这些中学生，大队长本人又没有参加。说他'不安心参加劳动、光想往外走的'是我们，不是大队长！他说'副业主任父女两个想包办蜂场、排挤别人'也是胡说！蜂场一共六个人，他们两个包办得了吗？把他写给李书记的信和这些事实对照一下，简直是造谣中伤！是缺德的行为！犯罪的行为！这样严重的错误！难道不值得具体检讨一下吗？所以我说刘正的检讨还不够认真。希望刘正再考虑一下！"

陈茵说罢，陈封和李晚秀又都做了补充。团支书李耀华向王书记说："我这列席的也可以给刘正提一点儿参考意见吗？""当然可以！"李耀华向刘正说："刘正同学！那天在蜂场里蜂蜇你那事，怎么能说主任父女们是幸灾乐祸哩？我们在一般情况下工作，都不戴面罩；你那天去了，因为是第一次和蜂打交道，主任怕螫你，特地给你戴上面罩。是你没有把脖子围好，一个蜂钻进去螫了你；主任要你跑回屋子里去再卸下面罩来拔刺，你不听，你偏要马上卸下面罩来去打那个蜂，结果那一个蜂也没有打住，却又招得好几个来；主任又警告你说‘不要动！越动越多’，而你却越打越上劲，结果又引得成群的蜂飞到你身上来。你不听主任的话，把蜂打恼了，连主任自己都陪着你挨了两刺，你怎么还忍心说人家是幸灾乐祸哩？调你做木工，开始也是你自己要求的，可是拉了几天大锯你就烦了，你说：‘难道叫我拉一辈子大锯吗？’你已经检讨出‘不安心劳动’是你的‘病根’了。这很好，不过要认识得更深刻一点儿！干什么都怕干‘一辈子’，正是你不安心劳动的具体表现！你不愿意拉大锯，大锯还是得有人拉，为什么别人就不怕拉‘一辈子’哩？因为在蜂场的事别的同学知道得不多，所以补充提一下当时的真相，帮助你反省得更深刻点。”

由于李耀华这一补充，引得陈封也补充说明了一次安装锅驼机那时候的真相。陈封说：“……‘一厘诗人’和‘水龙冲屁股诗’本来是一回事，而且那诗也不是我作的——是他自己作的，而我只续了六个字。这怎么能说是我作着诗讽刺他哩？王书记！这事在我们同学们中间是早就吵明了的，本来用不着补充，但是他既然向县委会告了我的状，我可不可以辩明一下冤枉哩？”王书记说：“当然可以！不过我要提醒你一下：假如其中有应该做自我检讨的地方，最好是结合着谈！”“好！谢谢你的指导！”接着他就谈事实的经过。他说：“……在那前一天，已经把锅驼机安装起来了，只是春天水枯，皮管稍稍有点不够长，要把拦河的半截水坝加高，大队决定每个生产队再派三个人去做这工作。我们队里派的三个中间，就有我和刘正两个。老实说：小队给大队派劳力，差不多都有点本位主义——不是派软的，就是派女的。像我们这些男的中学生，还算是不软不硬的哩！做这活儿要下水。刘正说他有关节炎，下不得水；要他去担石子，他说他肩膀上也有关节炎。满身都是‘关节炎’，这活儿就难派了。大队长为难了一会儿说：‘这样吧，咱们这渠道是用水车时候开的，清理好了也不见得够大，前几天修理树砍下来的枝又扔得满渠都是。你给咱们去清理这个吧！收拾起来搬过来，咱们加坝还能用！’他说他可以捆，可是搬不动。大队长摇着头说：‘捆你就捆去！陈封去搬！’第一捆是我跟他两个人捆的，捆起来我搬走了。我把第一捆拆开匀到坝上，又去搬第二捆，见他盘着膝坐在水渠正中间一块干沙地上，手里拿着笔记本写诗哩。我说：‘刘正！你捆的放在哪里？’他猛抬头，像刚做过梦一样地说：‘你倒又来了？

捆捆捆！’他这才去捆哩！我能坐着等吗？我又跟他两个人捆了一次。赶我把第二捆搬回去，大队长已经叫人把上年秋后搭的那座小土桥拆了（这桥本来是每年搭一次，枯水时候用不着），用棚土那些树枝往坝上压。这倒省我再去和刘正捆去。快到晌午，坝加好了，水也抽上来了，来做工的人，也有回去的，也有留在那里看水的。渠太干，水流得很慢。我从好多树干缝里看见刘正又坐在原来坐的地方作诗。我喊：‘刘正！不用捆了！水上来了！’他没有听见。我和他开玩笑，要悄悄走到他的背后去看他作什么诗——我走直路，水走弯路，又是干渠，预料水不会马上走到。我快要走近他的时候，就听他反复地念着这样半句：‘像一条水龙啊，冲向——像一条水龙啊，冲向……’左手端着笔记本，用右手拿着的水笔在空中画着，像乐队指挥打拍子一样；头也随着手一弯一弯地晃着。我走到他背后站住，他果然没有发现。这时候，我清清楚楚看到他写的诗。这诗我以为还写得不错。——虽然他自己只和我捆了两捆树枝，而这诗可是歌颂这次劳动的。诗是这样的：‘我们英雄的人民才是万物之主，古往今来创造出奇迹无数。小小河流啊，我们一定要把你征服！我们要让你离开河床，流进土窟、跃上高岸、穿过丛树，像一条水龙啊，冲向……’，‘冲向’以下还没有字。我正看中间，忽然听着背后窸窸窣窣响，好像又有人潜到我背后似的。我回头一看，没有人；看了看地下，水已经到了，水头上推着一些没有被北风扫尽的老树叶。这时候，刘正还在‘冲向、冲向’地念叨着，我赶紧往旁边一躲，和他开玩笑说：‘冲向你自己的屁股！还不快起来？’”这些过程，除了王书记，大家虽说早就听过了，可是当陈封这次又说到这里，大家早又沉不住气，来了个哄堂大笑，把王书记也讴笑了。

陈封接着说：“这时候，他要是躲的话，完全还来得及，可惜他还像才睡醒了一样，不知道是水来了，愣头愣脑向我看，看着看着水就真的冲向了他的屁股，把一条裤子的后边一半全弄湿了，他这才跳起来躲开。我一边替他拧着裤子上的水一边说：‘这可对你的关节炎很不利呀！’”陈茵插话说：“还说哩，你不嫌损？”陈封说：“那个我一会儿再检讨，我这叫‘如实反映情况’！当时刘正也跟你一样，他说：‘陈封你损不损？你怎么忍心看着叫泡我？’我说：‘你不要冤枉我呀！我学你奶奶说句话：天老爷在上，我要是诚心叫泡你，叫我立刻就死！我正看着你的诗，水就来了，要不是回头看了一眼，准连我也得泡了！’这能说成是我作着诗骂他吗？说他是‘一厘诗人’也正是这一天的事。‘一厘诗人’这个称呼是我给他加的，我应该负责检讨；至于给他记一厘工分，却是大家的意见。那一天上午，因为强劳力不多，连好多妇女都下了水，而他却只和我共同捆了两捆树枝，把其余的工夫放在作诗上。又因为泡了一下，泡得有点不高兴，下午修渠道他也没有去。夜里记工的时候，凡是给大队做的工，都是同着领工的人，大家在一处民主评议的。在评议的时候，大家对刘正不满意，要给他按件计值——把他和我共同捆那两捆作为有他的一半。大家说捆这个，每个劳动日能捆一百捆，一捆只能记一厘工。他说他情愿不要，大队因为不记这一厘工就证不明我们生产队出够了三个人，所以非给他记不行。黑板报是宣传员们办，报上也有表扬也有批评。一天做了一厘工这事，就在全公社范围内说来，恐怕也要算新纪录，黑板报怎么会不登哩？总之：这些都是真的，可是这该怨谁哩？难道是大家故意找他的碴吗？在这一次‘事件’中，有两处是我应该做检讨的：第一是续成那‘冲向屁股’诗。发现一个同学在工作中放弃了工作作诗，我是破着跟他争吵也应该制止他。自然在多次积累的经验中证明那样做是无效的，不过即使他不听也比看着他造成‘事件’好。第二是制造‘一厘诗人’那个称号。开玩笑应该开得彼此嘻嘻哈哈为止，叫人难堪，就是‘恶作剧’了……”

陈封讲完了，刘正也做了答复，王书记把大家的意见体系化地总结了一下，反复给刘正指出错误的严重性，特别嘱咐刘正要收拾起往外跑的野心，安心生产，嘱咐其他同学要采取与人为善的态度帮助刘正。最后，王书记又问刘正本人还有没有意见。

刘正说："我再一次感谢你对我的教导，不过我还想问一个问题：一个青年难道不应该抱着伟大的理想去轰轰烈烈做一番英雄的事业吗？"王书记说："这要看你对这问题怎么理解！理解错了，今天这点进步就全成假的了！你的诗里不是说'我们英雄的人民就是万物之主'吗？不是说他们'古往今来，创造的奇迹无数'吗？你们不是已经把你们的'小小河流'征服了吗？难道这都不能算英雄的事业吗？你们还不能算英雄的人民吗？大家在一块做起事来还不轰轰烈烈吗？就现有的基础上逐步改变着农村的面貌最后走向共产主义，这种理想还不伟大吗？要是连水也不想下，连大锯也不想拉，连砂锅也不想烧，认为那都只有'没出息'的人才肯干，而自己则是这帮'没出息人'的天然指挥者，那便是抱着个站在别人头上的理想，去占你所谓'没出息'的人们——其实也就是你的诗里所说的'英雄人民'的劳动成果了。要知道那不叫什么'伟大的理想'，而应该说是'不可告人的野心'！希望你千万不要解释错了！"

后来陈封把王书记对刘正的批评归纳为这样的话："自命不凡，坐卧不安，脚不落地，心想上天。"

写于一九六二年国庆节

1963年

卖烟叶[1]

现在我国南方的农村，在文化娱乐活动方面，增加了“说故事”一个项目。那种场面我还没有亲自参加过，据说那种“说法”类似说评书，却比评书说得简单一点儿，内容则多取材于现在流行的新小说。我觉得“故事”“评书”“小说”三者之间没有严格的界限。例如用评书形式写成的《水浒传》，一向被称为“小说”；读了《水浒传》的人向没有读过的叙述起这书的内容来，就又变成了“说故事”。

我写的东西，一向虽被列在小说里，但在我写的时候却有个想叫农村读者当作故事说的意图，现在既然出现了“说故事”这种文娱活动形式，就应该更向这方面努力了。闲话少说，让我先写一个卖烟叶的故事试试灵不灵。

秋末冬初，正是华北某些零星产烟区收购烟叶的时

① 原载 1964 年《人民文学》第 1 期、第 3 期。

候。有个名叫王兰的姑娘，在一个星期天，给他们的生产队到县城里收购站去交售烟叶。因为到得晚，交了货天就黑了，只好赶着空车下店住了宿。这姑娘是个高中学生，学习成绩和他们班里的几十个同学比起来，是数一数二的。她本来在这一年（一九六三年）暑假就该毕业，不幸她的父亲在这年夏天病故，她连照顾病人带打发死人，前后误了两个多月课，事情忙完了，连毕业考试也误了，所以只好休学一年。

她要是没有别的事，星期日卖了烟叶，星期一早晨就该回去了。不过她还有点小事需要耽搁一会儿。她原来就在这县立第一中学上学。在她上学的后三年（高中时期），有个教语文的李光华老师很器重她，和她师生感情很好，她想顺便去看望一下这位李老师。

第二天，大约九点钟的时候，她走到学校大门口，正碰上李老师提着个小书包从门里走出来。这位李光华老师有六十四五岁的年纪，穿着一身半新不旧的蓝布制服，两袖和胸前带着粉笔灰。凡是熟识他的人，都知道他这衣服是四季不变色的，两袖和胸前的粉笔灰也是有永久性的。学生们有时候提醒他说：“李老师！看你胸前那粉笔灰！”他常回答说：“没关系！粉笔灰是干净的！”有时候也许顺手拂打两下子，不过结果往往是除了没有拂打掉，反而增加两个白道道儿。这不过是李光华老师一点儿表面特点。李老师的特点多得很，不过我不打算在他刚出学校大门时候多做交代，待一会儿让故事里的一个人替我介绍吧。

王兰看见李老师一出门，便跑到他身边和他打招呼。李老师是大个子，王兰的个子只能打到他的腋下。他看见王兰穿着一件农村妇女们常穿的有大襟的夹袄走近了他，一时没有认出来是谁，不过听到王兰叫他李老师，便认得是王兰的声音了。“小兰！好孩子！你外表上已经打扮得像个农民了！”“李老师！不只是外表，我已经学会赶车了！”“那自然更好了！到家里玩玩去！”“好！”

李老师的家，王兰是常去的，所以走在前边。李老师是党的县委会委员，住在县委会家属宿舍里。他和两个县委书记三家共住着一排房子，每家三间——两间宿舍、一间厨房，他占的是中间那三间。他的孩子们都在别处做事，家里只有个六十来岁的老伴。王兰和这位老太太也熟识得很，一进门打过了招呼，便和李老师对坐在书桌旁边谈起话来。

李老师虽然也看过王兰的休学申请书，见了面还是想问一问她家庭的情况。这倒不是客套。前边提过，李老师对这个学生是很器重的。李老师问过她的家庭情况之后，慨叹了一会儿便嘱咐她说：“在农业上锻炼锻炼也好，不过要瞅空儿温习功课，特别是数、理、化和外文，一丢开就非常难补……”“李老师！我不想再上学了！”“为什么？”“我今年就已经二十岁了……”“从你们那一班往前倒数，学生们的年龄都大一点儿！这是战争环境造成的，大一点儿又有什么关系？是不是因为贾鸿年考大学没有被取上，你们要结婚了？”王兰突然把她的两道长眉一攒说：“李老师！快不要提他！我生他的气！”李老师说：“二十岁大姑娘了还是那样孩子气！又是因为从前那些小误会吗？”“一点儿也不是误会！从前的也不是！”

话说到这里，外边有人叩了三下门。这种叩门的叩法有点别致：速度是不紧不慢的，声音是不大不小的。王兰一怔，低声说：“说曹操曹操就到！这是贾鸿年！”李老师也说：“像！”王兰把声音放得更低一点儿说：“他只有叩你的门才是这样叩法！”李老师正要答话，外边又照样叩了三声。李老师说：“进来！”

李老师的三间屋子，除了厨房是另开门以外，这两间共一个门，坐北向南，西一间是套间，东一间就是李老师和王兰正在谈话的这一间，一窗一门并列着，门在东，窗在西，靠窗就是李老师的书桌，左右两头放着两把椅子，李老师在左，王兰在右，面对面坐着；另有一个茶几放在和书桌对过的后墙根，茶几旁边只有左方放着一把柳木躺椅——这种椅子比普通椅子要低差不多半尺，背上带着个大木圈子，靠背就镶在圈子里，在工作时候不能坐，只能斜躺下休息。

门开了，走进来个二十来岁的青年男学生，穿的衣服除了没有粉笔灰，几乎完全和李老师的制服一样。这个人，从体格上看，和一般男青年没有什么不同，不过从他一进门迈的那两下脚步和他脸上那毕恭毕敬的神情上看，那种老成持重的样子，和他的岁数实在不相称。这个人正是王兰料定的那个贾鸿年。

这时候，李老太太已经回套间里去了，屋里只剩下李老师和王兰。贾鸿年一进门，朝西一扭头，自然是先和李老师碰面，不过同时也能看到王兰的脊背。王兰本来不愿见贾鸿年，可是碰上了也和军事上的“遭遇战”一样，想躲也没法躲，所以暂且用两手托住头，把上身略伏下去，准备等对方和自己接话的时候随便支吾几句，找个空子走开了事。贾鸿年进门来定住身扭头朝着李老师一看，好像亮了个相，然后把身一转、把腰一躬，紧紧走了几步来到书桌边，行了个九十度的鞠躬礼说：“李老师，你好！”要是当一个话剧演员的话，他这一串又恭敬又热情的动作，和最后说那句台词的速度、声调，都可以打个八九十分。李老师点头答应着，并且指了指茶几旁边那张柳木躺椅说：“坐下！”贾鸿年转回身去，规规矩矩迈了两步走到椅子跟前，又规规矩矩转过身来坐下去——因为椅子低，他把小腿略屈回去一点儿，两肘放在膝盖上，屁股刚沾了个椅子边——眼神仍然又对住李老师，不过因为距离远了点，看得全面一点儿，才看见李老师对面坐的是王兰。

从贾鸿年坐下去之后马上伸着脖子面对李老师那股神气来看，他好像亟须要向李老师提出什么特别庄严的问题，可是就在这时候猛然发现了王兰，他的神气就又发生了变化。“王兰？”他先这样带着疑惑的口气叫了一声——好像是说“原来是你呀”，可是他下边的话和叫的这一声接起来，好像有点前言不照后语。他说：“我早断定你是到这里来了！”王兰觉着有点奇怪，便问他说：“你听谁说的？”要是在别处，贾鸿年一定会说：“你猜！”可是他觉得对着李老师这样说不大合适，所以便用正经口气回答说：“同学！”王兰可不考虑口气问题，听到他这样回答便气愤愤地说：“你见鬼！我连一个同学也没有碰上过！”贾鸿年正要答话，外边窗台上的电话铃响了。

李老师的窗子上只有一块一尺见方的玻璃，剩下都是纸糊的，不隔音，只要电话铃一响，里边就不用再想谈话。铃响了一阵没有人接，李老师正要去接，走到门边就听得到个小姑娘接住了说：“要谁呀？”停了一下便喊：“马大娘！电话！”李老师见不是叫自己的，便仍旧返回去坐在他的位子上。贾鸿年又正要说话，那位马大娘在窗外说话了：“三嫂？你几时来的？三哥来了没有……好！你那些孩子们也好吧……来吧……你现在在什么地方呀……你打那里往北，碰上一个山货店就往西拐，过两个门，路北有棵槐树，那里有个小胡同……”这位老太太左一弯、右一拐地说了半天，又重复了两遍，好容易才把她要说的那条路线说清，然后把电话挂上。贾鸿年早就等得不耐烦了，好容易等窗外静下来，便向李老师说：“这电话是才安装的吧？怎么安装到你的窗台上？这样子吵着还能工作？”李老师满不在乎地说：“没关系！反正总得有个地方安装！”贾鸿年转向王兰笑了笑说：“原来你那些话都是学着李老师说的呀？”王兰说：“就算我是学李老师，学的也是好事！李老师要像你的话，就要叫把电话安装到别人的窗台上，吵别人去！”贾鸿年说：“我没有那个意思！你不要咬住我那一两句话乱引申！咱们对着老师不可以这样开玩笑！你拿什么事实能证明我是那样一种人？”他这段话说得像炒豆儿那样急，完全失掉了他刚来时叩门的那种风度。

李老师说：“算了算了！不要常为这些小事情争吵！”王兰没有再接话，贾鸿年恭恭敬敬点头答应了个“是”。王兰看到这是个抽身的机会，便向李老师说：“李老师，你们谈，我要回去了！牲口还在店里站着哩！”李老师还未答话，贾鸿年抢着说：“那也好！”又转向王兰把语调放得很温和地说：“王兰！我求求你！你住在哪个店里？请你在店里等我一小会好吗？”王兰说：“不行！现在已经九点多了，牲口又不太快，还有六七十里路哩！”李老师觉得王兰说得有理，便向王兰说：“也对！净是山路，天黑了不好走！”王兰站起来正要动身，李老师又补充着说：“记住我前面和你说的话！要趁空儿经常温课！”王兰说：“课我倒是常温习着的。本来学的东西就不多，丢了很可惜；不过，李老师，我真不能复学了！”“为什么？”“我爹去世后，家里就只有我妈和我两个人了！”“你母亲不能劳动了吗？”“能劳动也只能顾住她自己，怎么还能供我上学呢？”“你队里没有助学金吗？”“助学金只有两个名额，我要了别人就得不着了！我不去争那个！反正总要有得不着的哩！”说着便向李老师点头告别。李老师说：“等一下！除了经济问题再没有别的问题了吧？”王兰又略略考虑了一下，贾鸿年趁空儿向李老师说：“李老师，我也要走了！我有个要紧的事想求求你，又觉得不应该再给你添麻烦，不过再三踌躇，还只得来求你——因为除过老师你，别人一来没有那力量，二来也不会真心帮助我！”“什么事？你直截说好不好？”“对不起！前天给我们队里买骡子借你那一百块钱……”“那没有什么！为集体的事嘛！我又不等着花！不现成以后有了捎来好了！”“不不不！事情比那严重得多！昨天我给队里来交售了五百斤烟叶，一共得了三百块钱。钱拿到手，我就要先来还你那一百块，可是走过集上，因为星期天人太多，好挤了一阵才挤过来，赶走到人稀的地方向口袋里一摸，三百块钱一齐不见了！”“丢了？”贾鸿年很丧气地说：“嗯！没有想到社会主义社会，还有人敢在别人的口袋里往外掏钱！”“唉！这都怨你没有真正尊重党中央和毛主席的话，党中央和毛主席不是多次提醒大家说整个社会主义历史时期还存在着阶级斗争吗？现在你打算怎么办？”“丢就是丢了！钱又没个记号，找是找不着的。我妈妈还有一对陪嫁的大柜，我想回去抬到县里来卖了赔出来，只是队里初次托我办事，我不想担那没出息的名儿，因此想请老师再借给我二百块钱，等我卖了柜一并还你！”李老师没有马上答应，只是扬起头来考虑。

就在这时候，院里的电话铃又响了，还是那个小女孩接住问了一下，然后朝里边说：“李老师！你的电话！”李老师只得放下他们两个人去接电话去。

李老师出去之后，贾鸿年觉着正是争取王兰一点儿同情的时候。他看了看王兰，见王兰没有什么表示，便主动地从自己坐的那把躺椅上起来，移到李老师坐的那把椅子上去。窗外李老师的话，只是些不接连的“嗯……是……有来……”等等声音，贾鸿年把头伸到王兰的耳朵边轻轻地说：“你看这多么倒霉呀！”王兰把身子往后一仰躲开他，低低地可是恨恨地说：“谁知道你搞什么鬼！”贾鸿年说：“我又怎么得罪下你了？九月份写给你那么长的信，就连你个纸条也得不着；这会儿碰上我遭这么大的事，你不只幸灾乐祸，还要疑神疑鬼！这都从哪里说起呢？”王兰真想马上走开，可是李老师问自己的话自己还没有回答，走开了太不礼貌，所以仍耐着性子待下来，不过她也不再准备正面回答贾鸿年问她的话，只简单回答说：“我爱怎么做、怎么想，都有我的自由权，没有向你说的义务！”贾鸿年又把语气转得更温和地说：“我的兰兰！难道我们的关系已经变得这样简单了吗？就是真要散场，总也还得吹个‘尾声’吧？兰兰！你对我这样胡猜乱想是很危险的！我求求你：咱们不要在老师这里闹，待一会儿我到你住的店……”“干白菜？没有！”李老师在打电话中间提到了个“干白菜”，贾鸿年吃了一惊，这时候的贾鸿年再顾不上向王兰提要求，也再顾不上考虑对王兰应该表现什么风度，干脆把耳朵贴到纸窗上听李老师打电话，嘴张得像在皮球上挖了个窟窿。

院里的李老师，依然继续打电话：“嗯……听谁说的……没有想到……六十多斤……他还在我这里！你派个人来吧！”院里的李老师把电话机一挂上，里边的贾鸿年的腿一软便跌坐到椅子上。李老师怒气冲冲地走回来向着贾鸿年盯了一眼，贾鸿年把头低到肚子上“呜呜”地号哭起来。王兰料定贾鸿年有鬼，可也不知道鬼在什么地方。

贾鸿年究竟在什么地方弄鬼，不是三言两语可以说清楚的。为了把原因交代明白，只好让他多哭一阵子。

以下我便要交代他哭的原因了。

智取王兰

王兰和贾鸿年在高中同班，本来都该在本年暑假毕业，后来王兰因事休学，贾鸿年一个人毕业了。他们两个都是高才生，特别是文章做得好，李老师很器重他们，以为是不可多得之才。他们两个又都爱文学，李老师又是个业余作家，因此他们常好到李老师家里来请教，并且就因为在这请教中常碰头，才产生了彼此爱慕之意，后来关系深了，就在李老师面前也不避忌——不但不避忌，有时候有点小摩擦，李老师还替他们排解。

贾鸿年读的文学书籍比王兰多一些，文章也写得比王兰更好一些，在一些纪念节日或者班里的会议场面上讲起话来，也要比王兰讲得更热情、更全面、更有政治风度。王兰对他很钦佩、很信任。他们两个人同时申请入共产主义青年团，王兰被批准了，贾鸿年却没有被批准。据团支部了解：王兰的特点是“吃苦在前、享受在后，心直口快、有甚说甚”。例如每个学期开学，集体买回来的课本、文具，总难免有缺点的。这有缺点的东西，发到别人手里，往往还要争着换一换；发到王兰手里，王兰便一声不响地收起来——要是有人提醒她去换，她便会说“反正总得有个人要”。年关节日大扫除，布置会场，做脏活、重活常是她带头——有人为她鸣不平，她便要说“反正总得有个人做”。团支部了解贾鸿年的特点则正和王兰相反。贾鸿年的特点是“看客下菜、看风驶船，明似谦恭、实则傲慢”。例如见了李老师就温文儒雅地谈文学，见了班主任就严正其词地谈班风；叩李老师的门是不紧不慢、不轻不重地叩三下，回到自己宿舍则是不管门里有人无人，把门一脚蹬开，先来个武生亮相。

王兰入团之后，贾鸿年又提出第二次申请。团支书派王兰帮助贾鸿年克服缺点，及至把贾鸿年的缺点说给她，她反替贾鸿年辩护说那都不是事实；团支书批评她看事物不够客观，她还有点不服气。其实当时也很难怪她。贾鸿年的缺点，绝大部分是不会暴露给她看的。不过每个人的缺点，都不能在熟人面前长期保密，贾鸿年对王兰自然也不例外。

这个中学的学生自习，都是在课堂上做的。上年快放寒假的时候，有一天晚上在课堂上做自习，团支部叫王兰谈话去了，过了一阵，王兰附近桌子上一位男同学想借王兰的尺子用一下，就拉开抽斗去取。贾鸿年气势汹汹地走过来架住他的手说：“你有什么资格翻人家的抽斗？”那个男生的功课做得不太好，见是贾鸿年这位常被老师称赞、又是王兰朋友的高才生，觉着不便较量，就缩回手去归了座。贾鸿年正去替王兰关抽斗，忽然看见王兰的笔记簿在抽斗里，就随手把笔记簿抓出来。偷看人家的笔记簿本来就够不应该了，可是他还偏要摆个特别的架势来看——他把抽斗关回去，一纵身坐到桌子上，右脚蹬住王兰的座位，把左脚架到右膝上，双手揭开笔记簿向前一伸，堂堂正正地看起来。叫他不够十分得意的是：他刚刚把笔记簿揭开，王兰气冲冲地一开门走进来了。贾鸿年听到门响，把眼光从笔记簿上移开一看，见是王兰，就跟屁股上安装着滑轮一样，一骨碌从桌子上溜下来——不过他也没有马上走开。只是拿着笔记本规规矩矩地站在桌子横头候命。王兰连看也没有看他，只是拉开抽斗看了看说：“谁翻我的抽斗？”前边桌子上一位女同学和她开玩笑说：“有资格人士！”王兰气愤地说：“谁敢有这资格？”那位女同学仿着她平常的口气说：“反正总得有个有资格的！”贾鸿年觉着这会儿正是自己表示资格的时候，就恭恭敬敬把笔记本递过去，虽说没有开口，意思好像是说：“要不是有我保护，你的抽斗早被别人翻了！”可是他得到的效果并不够理想——王兰气冲冲地把笔记簿夺过来摔进抽斗，“砰”的一声把抽斗关上了。原来当贾鸿年架住那个男同学的手那时候王兰就回来到教室外边了，因为夜间屋子里有灯的时候，里边看不见外边，外边却能看见里边。王兰在这种情况下初次发现贾鸿年对同学如此无礼，想观察一下，所以没有马上进来，及至看到他翻阅自己的笔记簿时那种傲慢的态度，实在觉得忍无可忍了才走进来。从这以后，王兰对贾鸿年才事事留神，过了一些时候果然发现和团支书所说的一样。她每发现一件事都要和贾鸿年闹一场气，不过是背地里闹得多，当众闹得少。她开始和贾鸿年闹气的时候，只是一种恨铁不成钢的心情，以为只要跟他闹一下，他以后就不敢犯了。贾鸿年随机应变的鬼本领是很出色的：每当王兰和他闹起来，他觉得能抵赖过去的就千方百计地抵赖，抵赖不过去的就低声下气求饶，“誓死不再犯”的话说过千百遍，可是“再犯”的次数要比“誓死”的次数多得多。贾鸿年揣摸透了王兰一种规律，那就是每向她表示一次悔过，就能把她的感情拉得更接近一点儿，因此不但不怕她闹，并且在较长时间里不闹的时候还故意出一点儿小错挑得她来闹一闹。王兰就在他这个圈子里和他越闹关系越深，发现的毛病越多反而越不容易一刀两断。王兰自从抛不开贾鸿年之后，也不再像从前那样“心直口快”了——例如在李老师面前对贾鸿年的小错误虽然也常常指责，可是遇上比较大的错误反而会给他隐瞒，比起以前来，就不够直爽了。李老师不知道详情，所以往往以为他们是犯了小孩子脾气，有时候还替他们排解。

创作忙

在本年上半年，贾鸿年写了一本二十来万字的长篇小说稿，写的是他们大队前任大队长。他把稿子拿给李老师看了，李老师说不行，说主要问题是不像——写大队长当长工时期的生活不像个长工，写他当民兵又不像民兵，写他当支部书记又没有写具体场面，写土改又是把别人的小说改头换面抄过来的。他请李老师提修改的意见，李老师说不是技术问题，而是没有社会生活知识问题。并且告他说:“写自己不懂的事谁也写不好。”但是他不甘心放弃，老是在自习时间里改来改去。他这位高才生上不了大学，与这事大有关系。

他和其他考大学没有被录取上的同学们一样表示过要回家参加农业生产，做一个有文化有知识的劳动人民，可是一回到村子里，有了和那位前任大队长长期接触的机会，又唤起了他重新修改那本长篇小说的念头。他起初是一有空儿就找这位大队长问长问短，后来干脆误上整工找人家谈细节。

这位前任大队长，已经有六十多岁年纪，身体也不大好，家里又不缺劳力，按一般习惯，就是不再上地，也不会有人责怪他。不过这老人有很浓厚的类似封建时代的功臣思想——觉着自己是长工出身，一九三八年入党的老党员，领导过本村的土改，当过支部书记兼民兵指导员，合作化初期试办过初级农业社，高级化以后还是社长，公社化后又当了一年大队长，如今虽然因为年老体弱光荣地退休了，可是家里儿孙满堂、人财两旺，很足以尽天伦之乐，因此逢戏就看，逢集就赶，每逢春暖花开的时候，买个车票到省里或京里游游名胜古迹，找几位攀得上关系的高级干部合拍几张照片……以为一个人得着了这样幸福的结局，也算罢了；现在贾鸿年要把他这光荣的历史写成书，在他看来更是一件锦上添花的好事——觉着自己现在已是盛极一时，那样就还可以流芳千古，所以十分乐意和贾鸿年合作。

这样一老一少便忙忙碌碌共同搞起创作来。贾鸿年对这位老队长几十年的生活史，考问得十分详尽，几乎连一天也不肯放过。例如谈到老队长九岁上给人家某富农放牛，就要问放了几个什么样的牛，穿什么样衣服，戴什么样的草帽，拿什么样的割草镰刀，在什么样的山坡上放……问到给地主当长工算工资的一段，又要问在什么样的房间里，房里摆着些什么家具，地主坐在什么位置上，自己蹲在哪一块儿……其中谈到了一些具体动作——像赶牛、割草、地主讲话的姿态等等，贾鸿年便要请老队长摆起个架势来，自己按照那种架势找出描写它的适当字眼儿，写成一段材料。他们两个人搞的这种工作，在别人看来像照相、像排戏，又像巫师下神。村里有个爱说快板的人给他们编了两句顺口溜说：“老功臣，少子弟，不去生产光排戏！”

村里对他们两个人的闲话太多了，党支部开会批评了这位老党员老队长，生产队长也找贾鸿年个别谈过一次话，才把他们的排练次数约束了一下——不占主要生产时间。

老队长究竟是老党员，经过批评之后，认识到自己晚年的居功享乐思想给党造成不利的影响，所以就不再那样热衷于表现自己了。贾鸿年的急于成名思想却不那么容易纠正过来。他既不是党员又不是团员，党无法对他提出严格的要求。生产队长叫他谈话的时候，他虽然也表示过“以后一定要以参加农业生产为主，有了空闲时间再搞创作”，可是在实际上他并没有真照他答应的那样做——开始的两天是白天上地劳动，夜里创作；两天之后把他搞病了就请了病假；后来对外说“一病不起”，实际上只病了一天，其余的时间是借病创作。

这样又引起一点儿家庭内部矛盾。他父亲是商人出身，当年和他舅舅在河南一带跑通行商[1]，回家之后趁空子还搞点小买卖。就在他装病写作的中间，队里死了头小驴，他父亲和他舅舅买了来，明说是买来吃，实际上是合伙到一个集市上去卖腊肉，要他停下写作去帮几天忙收收钱。他说：“不行！我的事情正放不下手！”“你搞那能抵钱花吗？”“爹！你怎么净说钱？”“白供你念了一阵子书！自己不能赚钱，又要花我的钱，可又看不起钱！我养活你叫作什么呀？”“你要知道人到世上不光要活个钱呀！”“你写来写去究竟写些什么高超的东西我也不懂，可是照你这样写下去，钱还得花我的呀！”“就专以钱说，也要比你卖那点死驴肉弄得多！”“你胡吹！谁管给你钱？”贾鸿年想：“这老人家既然只懂得钱，就只给他谈谈钱的方面吧！”他便把如何投稿、如何算稿费的规定说了一番。他父亲听了半信半疑，和他舅舅在集上谈论过一回这事，可巧有他村里人听见了，回来就传说他写的这本书至少能卖一千块钱。

这种传说给贾鸿年造成一种顾虑。他觉着这话如果传得叫王兰或者李老师知道了，自己的地位便要一落千丈，因此常常埋怨他父亲多话，父子俩便常因为这件事争吵。他觉着这种环境真不能创作，将来非改变一下不可。

---

① 通行商，即行商，往来贩卖、没有固定营业地点的商人。

不过改变环境只能算以后的事，贾鸿年还是在这争吵的环境中创作下去了。

大约一个月工夫，贾鸿年写了十多万字，作为这本小说的第一部——他的计划是把全书分为四部，第一部只写那位老队长的放牛和当长工时代。他写完了这一部分，自己读了几遍，觉着非常满意。他本来想先寄给李老师看看，后来又改变了主意。他对李老师教他的创作方法大部分都接受，就是对李老师说的那“作家必须先参加社会实际生活”有怀疑。他总觉得详细的“访问”和“参加”一样。他想把稿子寄给李老师看就是想在李老师面前证明他自己的想法正确——也可以说是向李老师示威，或者说纠正李老师的“错误”观念，后来又怕李老师不相信他在没有参加社会实际生活以前能把这部作品改好，因而把他的稿子根本放起来不看，误了他早日发表，所以才改变主意先投到省人民出版社编辑部。主意一定，他便妥善加封，亲自送到邮局挂号寄出。寄出之后，日日夜夜地设想不久便要一鸣惊人的前景——像接到书，领到稿费，书送大队一本、公社一本、李老师一本、王兰一本，以及稿费如何开支等等。

万言书

贾鸿年把稿子寄出之后，除了想到将来如何惊人之外，同时自然要想到王兰。从夏天王兰回家伺候病人开始，他隔不了三天便要给王兰写一次信，王兰父亲病故的时候，他还亲自去慰问过一次，后来仍是不断有书信往来。近个把月来因为过度地把精力集中在创作上，竟有二十多天没有给王兰写信，从王兰对他的信任"程度"上看来，他觉得是很危险的。他想必须写一封异乎寻常的长信，才能挽回这种影响。可是要写长信，不是把时间更拖长了吗？再说亲自去看望一番吧，又是秋忙时期，王兰又不会装病，见了面谈不了几句话人家就下地了，自己又不好跟上去，仍是表不明心迹……想来想去，总算想出个好主意来：先用短信打个招呼，然后再写长信。主意一定，他便写出这样的一张信笺：

我的久别的兰兰：近来忙于秋收，多日不通信，按我们的关系说，我想你一定不会怪我。在这紧张的秋收中，我另外得到了一种不小于秋收的收获，其内容一言难尽。我将用万言长信把这种收获报你知道。这种收获，关系到我们两人的前途问题，所以先给你送个节目预报。

年　九月二十七日

他给王兰写信的格式，也是经过精心研究的：为了表示亲昵，用“我的”这么两个字开头；为了表示免俗，又只称原名而不用“快乐”呀、“鸽子”呀等等古怪称呼；结尾用“敬礼”则觉太卑，“一吻”又太俗，“握手”则太平，不如什么也不用反而雅淡大方；后面签名的地方，单签一个“年”字，写得工整一点儿，足以表示自己高而不傲的老大哥风度。他暑假后给王兰的每封信都差不多是用这个格式。直爽的王兰，虽然也知道注意观察他的言行，而在这些微小的地方，可没有发现他也是做戏，所以看了他好多来信，反而以为他自从参加了农业劳动，比以前变得朴实了。

王兰接住他这次写的这封简短的信，猜测了半天，以为可能是他在农业生产上有了什么较大的发明创造打算，或者建设计划，需要自己和他去共同完成，及至又等了几天接到他的万言书，完全是另一回事。这一下可把王兰气坏了。

信是怎样写的呢？原信太长了，念一念也得两个钟头，这里只能扼要地谈谈它的内容。他这封信有三个要点：第一点叙述了这本书的创作过程和对这个成品的估价；第二点是改善创作环境的计划和所以那样做的正当理由；第三点是要求王兰秋后就和他结婚，以便共同安排。

他的创作过程，前边已经有那两句顺口溜可以说明，不必重复。他对他的作品估价，在这封长信里有这样一段结束语：“……同上学期你和李老师都看过的初稿几无一段相同，可惜投寄时候没有留下底稿，无法举例，不过我总感觉是比现在流行的新作品都要细致一点儿。”为了取得王兰的信任，并且还说：“你不要怕我会再因此骄傲。自从听了你今年五月二日下午四点钟在学校体育场上那次忠告以后，在戒骄戒躁方面，我已经是无一事不加检点的了。”

这信的第一部分，虽然有末尾那些表明心迹的话，仍然引起王兰一些怀疑。在写文章方面，王兰佩服他的才华；评论起别人的作品来，王兰也相信他有一定的眼光。只是把他写的东西和现在已经流行的作品比起来，王兰觉着他那两下子还差。再一点儿怀疑，是他前边那封短信上说他因为秋收竟忙得连信也顾不上写，怎么会在这忙碌的一个月中，写出十万字而且还比别的作品都强的作品来呢？王兰想“一定有鬼”。

王兰接着又把这封信的第二部分看了一半，才知道他在这忙碌的秋收中，除完成了十万字的小说，还有更惊人的创作。信里这样说："……由于我们两人的结合，决定了我们今后的生活要以创作为主。一个月的创作生活告诉我，环境对于创作往往有决定的意义。我有个改善创作环境的方案，需要等你来了之后共同实现。事关你我终身大计，我需要不厌其详地写在下边，来征求你的意见。"接着便是有图有文的方案。方案开始是这样写着："咱家（实际上还只是贾鸿年自己的家）你是来过一次的。咱家的南房后墙，是紧靠着一丈多高的土岸筑起的。南楼后墙上有已经堵死了的一个门，是和岸上的地面平着的。这地方原来也是一座院落，和咱们现在的院子是上下两院，咱们现在的南楼就是上院的北房——如图一。上院的西房是上下六间，西楼比咱们现在的南楼高一层；南边是个碾棚，和咱们的南楼一样高；东边的地势也到了岸边，没有房子，只有三尺来高一堵篱笆式的围墙。在抗日战争时期，敌人把碾棚下边堆的柴草点着了火，除把碾棚烧了，还烧了西楼的南间，直到现在也没有修复——如图二。"上边这一段只是说明房子的现状的，以下才谈他的改良计划。他说只要把上院的西楼修补一下，南边不用修复碾棚，只需修一堵围墙，留一个通外边的大门，再把现在南楼后墙上的门窗拨开，把东边岸边上的短墙补一补就是个现成院落，并且又附了一个平面图、一个立体图、一个远视图。立体图画得很工整，画的是新式门窗。远视图画的是一张国画——他是和李老师学过几天国画的。下一段便写的是如何使用这座新居，其中有一段是这样写着：“只要一上南楼隔着门窗往院里一看，你就会产生‘别有天地’之感。南边通外边的大门，除了运煤运水之外，经常可以不开，也就是陶渊明所谓‘门虽设而常关’的意思。我们住到西房里，西楼就是我们的书斋。这楼是三面开窗，视界很广，远处的流水高山，近处的绿槐庭院，随时都可以供我们以诗情画意。你试想：到了夏秋之际的月朗风清之夜，我们靠着岸边的短墙设个座儿，浸润在溶溶的月光和隐隐的飞露中，望着淡淡的远山，听着潺潺的流水，该是多么有益于我们的创作心境哩！至于北房——也就是现在的南楼——的用法，我有这样个打算，不知你是否同意。我想你来了之后，老岳母一个人待在你们村子里也没有什么意思，不如干脆接到咱们家里来住，咱们照顾起来也方便一点儿。”

王兰在看他这封信的第一部分时候，虽然对他的创作成绩有所怀疑，可是看这第二部分看到这里的时候，和自己以前亲自看见的他那个环境一对照，可又不得不佩服他的设计才能。她觉着就那个现有的状况说来，这真是个花费不多、收效不小的改造方案。她一边想着一边又去看那说明现状的第一图和第二图，联系着回忆到她到贾鸿年家去的那一次所了解的情况，又发现了个可疑之处。她记得贾鸿年说过他家只有现在住的那些房子，为什么又多出一个“上院”来呢？

不过贾鸿年早就知道她会想到这一点儿，所以在信中接着便叙述上院的来历。信中是这样写的：“这个方案实现起来，预料是会很顺利的，不过也还存在着个不难解决的小问题：这上下院原来都是咱们家里的祖业，可是在我爷爷手里把上院的西房卖出去了。现在这座房子的主人，就是咱们学校初中二年级名叫贾松年的小同学的父亲。这位老远房叔叔，去年因为出丧，长支下了队里二百多块钱，想把这座破房子卖了归还队里，可是一年多了也卖不出去。我想过几天我的稿费寄来了……”

“呸！稿费还没有拿到手就先想到要吞并别人的房子呀！”王兰看到这里看不下去了，便把手里剩下的几张信纸摔在桌子上。她扬着头发了一阵呆，又自言自语说：“我真傻！这封信一开始就把他这该死的思想暴露出来了，我为什么一直看到这里才发现呢？”其实王兰偏是看到这里发现问题也是有原因的——因为给她父亲买棺材也借用了队里一百多块钱还没有着落。隔了一阵王兰又把扔下的信拿起来说：“我看你下边还要放些什么屁？”

贾鸿年这小子真算摸着了王兰的脾气。这信下边除接着写出他对稿费数字和买房、修补工料等数字的估计外，又单独写了一段他所以要那样做的正当理由。理由是这样：“你会不会以为我是自私自利、谋产霸业呢？兰兰！考虑问题要全面：我这位远房叔叔这座破房子愁的是卖不出去，咱们不还价买了他的，他不但不会怀恨而且还要感激哩！至于咱们扩充房子为的是改良创作环境。创作不是自私自利，而是为人民而创作——也就是为了‘以共产主义精神教育人民’……”

“呸！呸！你再有天大的理由我也不愿再往下看了！”王兰说着干脆把剩下来的信纸揉成一团扔到桌底去。“一刀斩断！”王兰拿过自己的纸来给贾鸿年写回信：

贾鸿年！你这可耻的鬼魂！不许侮辱“共产主义”！凭你那肮脏“精神”，怎么竟敢说你还要“教育人民”？作家是“灵魂工程师”。凭你那臭鬼魂就写出高于“现在流行”的东西来了吗？真要有个瞎眼编辑让你那臭东西“流行”起来，还不知要毒害多少纯洁的灵魂哩！你为了结婚想把人家贾松年家的房子谋到手来建造你的“空中楼阁”，还要让人家感激你呀？人家贾松年长到结婚时候没有房子只会骂死你！你要真成了作家，得到了更多的稿费，还不想把你所欣赏的那些“绿槐庭院”都买了来改建洋楼才算怪……

王兰一鼓气写到这里忽然把笔停住了。因为她想起今年上半年快要离开学校时——也就是贾鸿年说的那五月二日下午四点钟——责骂贾鸿年那次，用过这种口气，结果是贾鸿年哭哭啼啼表示了一次“大彻大悟”作为了事。她想这次给他寄去这封信，要是招惹得他亲自来到家里再表示一回“大彻大悟”又该怎么办呢？“算了！这种戏我看够了！真要断只有一个简单办法：不理！再来一千封信也不理！亲自来了躲开，仍不要理！对！就这么办！”她独自一个说罢，就把她刚才未写完的那张纸揉了一下也扔到桌底去。

特种家风

贾鸿年一样和王兰上学，又都是高才生，为什么在品质方面和王兰那样不同呢？这和他的家庭习惯有很大关系。前边提过：贾鸿年的父亲和他舅舅是两个投机商人，直到如今还好偷偷摸摸搞点小投机买卖，因此他们的处世做人、言谈举动都有一套特殊的习惯。比方说：一般劳动人民，偶尔占了别人一点儿什么便宜，总觉得是对不起人的事，而他们则恰好与这相反。他们占了别人的便宜，不论是偷来的、摸来的，只要没有被人夺回就算“胜利”；谈到自己的历史，不论是拐了人、骗了人，只要得过实际利益全当“光荣”；三天不哄人，就觉着什么任务没有完成；一次不得手，也好像有了亏耗还须补偿。村里人常说他们是“未出窝的麻雀嘴朝外，挨着了就吃”。贾鸿年就是在这种家庭里长大的，所以秉承了这种家风。

难道贾鸿年受了多年学校教育，思想上就没有点变化吗？有是有来，只是还远远没有达到脱胎换骨的程度。一个人的思想改造，有个决定性的界限，那就是有没有决心做个合乎社会主义公民标准的新人。谁要是没有过了这一关，他的基本行为就仍是旧思想指导着，学得的一些新词汇、新道理，恰好能给自己的旧思想、坏打算做个伪装、打个掩护，让别人一时摸不透他的底。贾鸿年正是这一种人。

贾鸿年和他爹贾连升也有矛盾，不过那种矛盾是假的。他爹贾连升和他舅舅石三友一样，都是不涂不抹赤裸裸的投机分子，而贾鸿年要达到什么个人打算，可要把拿得到人前的表面过场做个够。从表面上看来，他们父子们好像不能共事，其实是一窝狐狸不嫌骚，只要利害一致了，互相体谅着一点儿，还是可以合作的。当贾鸿年把给王兰写的“万言书”寄出去个把月之后，他们父子们发生了一次小小的纠纷，正好说明这种假矛盾的性质。

大队里清理仓库，有一批历年积累下来的奖品——原来是政府奖给大队集体的，却又是些私人用品，像暖水瓶、自行车等——要按人按户分配，东西少，分不过来；要继续积存下去，有些东西就要生锈或者霉烂，最后想了个办法是把东西卖给社员，把卖来的钱并入公积金。在卖的时候还有个困难：冷货会没人要，热货会有人争。大队为这规定了个办法是：凡有两个以上的买主争一件东西，要比一比需要，卖给最需要的。贾连升和石三友这两个无孔不入的宝贝，碰上这种机会自然不肯放过，就各自拿了手里的现款到场去抢便宜。有一条毛毡，好几个人都想要，大队要他们比一比谁最急需，贾连升便说贾鸿年要结婚，于是就把这条毛毡买到手。说贾鸿年结婚也不是他编造的瞎话，是贾鸿年向他说的，不过贾鸿年向他说的时候，要求他不要向外人说，而他却偏找了这么个热闹地方说出来了。

贾鸿年这一天往哪里去了呢？贾鸿年自从把小说稿子和万言书寄出去之后，日日夜夜盼望着两头的来信，每星期总要借故请假往公社跑一两次。这一天，他又往公社的邮寄代办所去打听来信，结果是王兰仍没有一字回音，稿子被出版社退回来了。他取了退稿，回到半路上打开封皮看了一下里边附的退稿信，信上仍说他对战争时期的生活不熟悉，写得不像，并且劝他不要写自己不熟悉的历史题材，而要努力参加建设社会主义社会的工作，以便从中汲取养料、丰富自己。他看了这信非常厌烦，以为这位阅稿的编辑简直是和李老师一鼻孔出气。为了不让本村参加生产的中学生碰上了找麻烦，他掏出手绢来又在那纸封皮外加了一层布封皮，压在车架上。不巧的是他回去得晚了点，到了村边要上一道小坡的地方，刚跳下车来推着走了几步，旁边一股小道上走来一些晚上收工回家的人，其中偏又有个爱和他开玩笑的中学生。这个学生指着他车架上那个小包说：“鸿年！我可能猜着你这是一包什么东西！一定是结婚用品！”“不要瞎说！谁说我要结婚？”“老封建！这还瞒什么？你爹在大队说的还会有错？”贾鸿年有点着急，但是也不想再做什么解释，只好回家和他爹生气去。

前边提过：贾鸿年家和他舅舅家，都是以占了便宜为光荣的。这天晚上，贾鸿年一回到家，就碰上他爹和他舅舅在灯下欣赏那条刚买来的便宜毛毡。贾鸿年和他们连招呼也不打，黑丧着脸进了套间里。一会儿，他娘出来埋怨他爹说：“你在大队说鸿年什么话来，惹得他回来连饭也不想吃了！”“我没有说什么呀！”“你提他要结婚的事来？”“那个呀？那也是什么见不得人的事？不提结婚，人家怎么会把这么好的毛毡三十块钱卖给咱们呢？”贾鸿年在套间里接话说：“我不要那个行不行？”他爹说：“这倒不是亏人物！你真不要的话，我拿到别的地方，不会卖也卖它五十块！”他爹不明白他为什么不愿把结婚的消息传扬出去，他也不便向他爹说明王兰那一头还没有来信，所以想吵也吵不起来，只好各自纳闷。他舅舅趁势劝了几句，见都不说话了，还以为是自己的话发生了效果，便把话头仍转到倒腾小买卖上，提出个贩卖烟叶的诡计来。

有个情况需要在这里交代一下：种植烟叶的地区，生产队除了按合同完成交售给国家的任务之外，往往还留一点儿自用的，平均卖给吸烟的社员。这些吸烟的队员们，有的吸得多，有的吸得少。吸得少的，或者根本不吸的有了剩余，往往把剩余下来的送人或者出让给别人。贾连升和石三友，正是利用这种空子来搞鬼。石三友的具体计划究竟怎么样，等说到他露了馅的时候，大家自然会知道，此处不细交代。他放低了声音对着贾连升的耳朵说出他的办法之后，又放大了一点儿嗓门说："你看怎么样？翻得好了三五次就能翻他几百块！你要有意的话，拿出个百把块钱来咱们再去倒腾他一下子！"贾连升指着毛毡和其他新买来的东西说："都买了这些了，哪里还有现钱？"石三友见说没有现钱，也就无心再谈下去，又随便应酬了几句就走了。

贾鸿年躺在套间里把他舅舅说那"能翻几百块"的话听在心上，刚回来时候那一点儿怨气也被这话打消了。他有他的计划。他从从容容走到外间来向他爹说："爹！只要你能答应我一件事，我明天可以给你借到一百块钱！"

贾连升一怔。他想：“咦！这孩子怎么忽然开了窍了？”为了鼓励孩子参与自己的鬼事，他便慷慨地说：“你说吧！只要是能答应的爹都答应你！”贾鸿年说：“你要是赚了钱，请你把上院那座西房买过来，修理修理让我以后住！”“你也会想到这个？咱父子们想到一股路上去了！我前几天还想：要是把那座西房买下了修理修理，再把咱南楼后墙上的门窗拨开，再把南边修上一堵围墙，就是现现成成一个小院！”贾鸿年听到这里，自然是眉开眼笑；为了证明自己的谋略不比他爹差，便跑回自己住的房间里，把当日附在万言书中那张立体图底稿取得来给他爹看。他爹看了笑着递给他娘说：“你看这！谁敢说咱这孩子傻？”回头又向贾鸿年说：“可是你到哪里借这一百块钱去哩？”贾鸿年说：“去找我们李老师借！”“人家肯借给吗？”“话说对了是能借得来的！”

这样一来，父子们的矛盾就完全烟消云散了。他们没有真矛盾：不要看贾鸿年瞧不起一条便宜的毛毡，像一座房子那样大的便宜他便不肯放过去。他说找李老师借钱要把“话说对了”，并非要说真话。按他们的家庭习惯，说真话不能算是说“对”了，而是要骗得对方相信才能算“对”了的。在这些地方，他们父子们可以“心照不宣”，彼此无须再做解释。

贾鸿年他娘说：“我鸿儿办得了事！我说等他借回钱

来，就让他和他舅舅去干好了！”贾鸿年着急地说：“不不不！除了借钱，别的我不参加！”他爹说：“你说得对！除了借钱，别的什么事也不让你管！”回头埋怨老婆说：“你尽说废话！孩子以后是要在‘有头有面’的人们中间‘混’事的，怎么能和我们这些快要死的老骨头去倒腾那个呢？”

父子们由谅解而合作了。贾连升最后的话，完全说到贾鸿年心上。贾连升所说的“有头有面”的人们，是指我们县里的一些领导干部，不过他不会懂得今天的干部是在实际工作中久经锻炼、久经考验的，而以为还和旧时的做官人一样，是在官场中“混”来的。贾鸿年也不比他爹高明多少：老革命干部的传记、回忆录他是看过好多的，不过从来也不打算和自己的思想、行动联系一下；至于他自己，则按家教办事——多方找门路“混”。回乡参加农业生产根本不是他的打算，不过是在热潮中不得不应付一下，只要有一点儿机会，就要出去“混”去。他所以不愿参加卖烟叶的勾当，并非以为那是坏事，而是怕妨碍以后“混”的前途。难道哄骗着老师借投机资本还不算是参加了吗？

贾连升见资本有了着落，马上便去找石三友计划进行程序。一会儿，贾连升回来和贾鸿年说：“你早点睡觉，明天一早起来吃顿饭就进城去！”贾鸿年说：“还没有向队里请假哩！”“已经安排了！明天绝早让你妗母到队里替你请假去，就说你舅舅病了，要你到公社替他请大夫！”“请大夫不是要跟大夫同来吗？”“傻鬼！跟大夫相跟出来，不会说你还要找个人，让他先走一步吗？”在他们家里，这样公然教孩子说瞎话是很平常的。

特殊功课（一）

第二天早晨，贾石两家按原计划进行：石三友老婆给贾鸿年请假没有发生问题——石家没有孩子，有事就是靠外甥们帮忙的。贾鸿年去请大夫也没有发生问题——和大夫骑着车子走了一段路，就推说要回去找个人，丢开大夫回头往城里来了。他找李老师借钱也很顺利——他知道李老师对集体事业乐于协助，就编造着说生产队在牲口集市买了一头骡子，还差一百块钱，要李老师暂借一下，三两天就送来。在他说来，就算把话说“对”了，所以骗得了李老师的信任，把钱借给了他。

不过他在这一次进城中间，也还发生了点小小意外。他临起身时候，他爹托过他代买两条麻袋，要是借到钱随手就买的话，也就买上了，不巧的是他照顾了一下别的事情，把这事耽搁下来。

事情是这样：他对王兰是不能放手的。他借到钱之后，正是上午十一点半钟。这时候，他有心去找王兰，一来时间来不及了，二来又怕有什么意见当面弄僵了，所以便改变了个主意，利用这个时间去找王兰的女朋友探探口气。

王兰这个女朋友叫周天霞，家和王兰是邻村，又同在一座中学上学，王兰比她早一年级。现在她是高中二年级生。贾鸿年和王兰的关系早已不避忌她，有时候闹了纠纷她也往往替他们调解。贾鸿年以为这是个很好利用的对象，便趁她在中午吃饭之后去找她。

出乎贾鸿年意料：周天霞和他略寒暄了几句便主动地问他说："你和兰姐闹了什么意见吗？"贾鸿年见对方主动提出来了，便故装不知地说："没有！你听谁说的？""听她村里人说，她给大队赶了大车，并且在群众大会上宣布说她'今生今世也不离开本村'，要和本村人共同进行生产建设，直到进入共产主义！"贾鸿年听了这话好像挨了一棒子，再往下问，周天霞说她不了解别的情况；求周天霞替他去问询，周天霞说一来刚回过家不便请假，二来去了也碰不上她在家。问来问去得不着要领，上课铃响了，只得辞出。

王兰的情况周天霞几乎全部知道，可是周天霞这次偏也说了瞎话。这不能埋怨周天霞，瞎话仍不能不说，也可以说是贾鸿年要她说的。

两星期以前，周天霞请假回过一次家，返校的时候去找过一次王兰。那天她到王兰家是上午十点多钟。王兰不在家，她问了王兰妈妈，知道王兰赶着车往地里送粪，便歇下来等。她到王兰家是很熟惯的。她问王兰妈妈说："兰姐怎么学了赶车？"王兰妈妈说："她自己在大会上报了名，支书、队长批准了，就干起来了。"这老人家对王兰赶车看来十分满意。她向周天霞好像有点夸女儿的样子继续说："小兰可真有两下子，把几头骡子使得像玩猫一样随便！快回来了，你可以出去看她赶得怎么样！"周天霞也很有兴致，听老人家说了一声便跑出大门去，不过没有赶上看，王兰已把骡子卸了送回圈去，拿着一条空鞭子回来了——原因是牲畜收工要比人早个把钟头，以便让它吃饱。

周天霞紧跑了几步，在大门外的一棵大槐树下迎着了王兰，用双手握住王兰的左手——因为右手拿着鞭子。王兰急忙缩手也没有赶上，便说："手上有粪，等洗了再握！"周天霞笑着说："那就失去了握手的作用了！咱们回去一齐洗！"周天霞见王兰把辫子盘在头顶上，束着腰，挽着袖，拿着鞭子，便上下端详了一会儿说："这装束有点像古装戏上的女兵！"两个人又相对一笑，王兰便放下鞭子，解下腰带来拂打了身上的尘土，又把辫子解开往背后一扔说："这个女兵又结束了一次战斗！咱们到屋里坐去吧！”周天霞想到回去对着王兰妈妈，可能有些话谈起来不方便，就要求王兰说：“咱们就在这外边玩一会儿再进去好不好？”“可以！”“你家这院子的地势真好，在这山腰里，站得高看得远！”“天霞！你说得完全正确！要不我就宣布一辈子不离开这里哩？”

周天霞见话正好转入正题，便问她说：“我们村里人也听说你在大会上宣布过一辈子不离本村的话。我不明白你为什么这样决定！”“你不是也说这里好吗？”“兰姐！说正经的！贾鸿年又和你闹过吗？”“天霞！咱们不要说别人的事吧！我也是和你说正经话的！你看，对过阴坡上那小松树林，完全是才长到十年的小树；半山腰里那两攒红叶子是两棵老柿树；从那以下越来越多的红叶，都是小柿树，和松树的年纪一般大，才结了柿；下边沟里那条小流水……”“兰姐，兰姐！我不是来看风景的！你怎么把你自己的事说成别人的事呢？”“我也不是给你讲风景，这才是我自己的事哩！”“兰姐！咱们不要越说越远！你只当给我解个谜：你和鸿年的关系到底发生了什么变化？”“你要是半个月以前来的话，你就是不想和我谈那个，我也要强和你谈；如今我已经把它放下了，再翻出来谈还有什么意思呢？”

王兰妈妈这时候从院里出来了。她一看到两个人都在槐树底，便叫王兰说：“小兰！怎么不和天霞回屋里来坐！回来吧！快吃饭了！”王兰说：“好！就来！”回来向周天霞说：“咱们到里边去吧！”说着拾起鞭子来和周天霞回到房子里。

离吃中午饭还有一阵子，周天霞又要求王兰谈她与贾鸿年的关系，王兰说：“一定要谈就不能轻描淡写！”说着到自己的柜子里拿出两个纸夹子来放在桌上。王兰先把一个夹子揭开向周天霞说：“这是他给我的所有的信件。这些信，除了一部分我当时不愿让你知道的和我休学以后的，其余大部分给你看过。这是所有他给我的纪念品——还有些这里夹不下的，只编了个号，写明另存。这人可以说是纪念专家，一张邮票、一片树叶都签了名作为纪念送我。这一沓稿是从我自己的日记中抄出来的，都是他当时说过的话：所有这些，大小一共二百五十五件，是按日期先后编出号来的，每件上差不多都有我标过的线和简短的批语，每个段落又都附有我的概括说明。你要想了解他是个什么人、我该不该抛开他，看了这些自然会明白！”周天霞说：“我的兰姐！你是不是想留我住几天呢？”王兰说：“我是和你说着玩的！怎么会那样折磨你呢？我可以给你做个总的说明，弄不清的再让你看原件。”说着便从夹子里拿出个目录单来继续说：“这一切，几乎无例外地都是耍小手段，目的只有一个，那就是让我跟着他走，为他服务。例如前年他在要求入团之前，不论是说话、不论是写信，到处引用毛主席的话、引用李老师的话……”说着随手翻出有关原件，一一指着上边标出的红线给周天霞看了说：“……等团里回答他没有批准之后，以后的写信、谈话，这些词句就很少出现了。又如去年暑假之前，不论来信、谈话、送东西，都提到他的家乡风景如何开朗、物产如何丰盛……”随手又翻出有关原件指给周天霞看了说：“……然后向我提出请到他家玩一次。以后差不多一年没有提到他的家乡可爱，可是今年暑假的信件中，写他家乡的可爱又超过去年，写过几次家乡可爱之后，便要我考虑结婚问题，以后一步逼紧一步，终于骗得我回过他一封信说‘秋后再说’。半个月之前，接到这封万言长信，也就是最后的一封信。别的信内容可以不谈，这封信却非谈不可！”接着就把那封“万言书”中所透露的思想和适得其反的效果说了一遍，又把那些附图翻出来指着说：“尽管他在出头露面的热闹场面上、在作文和写信的字面上把‘以忘我的精神参加社会主义建设事业’的话说得烂熟，最终的目的不过是想做这么个笼子把我装起来叫他玩。过去我所以把这些废纸片当作宝贝似的保存着，有时候还当作宝贝给你欣赏，就是因为对这个人没有做过系统分析，所以才上了当；好在上当没有上到底，在法律上没有履行过订婚手续，还算没有和他拴在一起！”这一部分材料已经说服了周天霞。周天霞说：“兰姐！我真佩服你！没有想到你能像做功课一样下功夫来整理这个！”王兰叹了口气说：“你以为我有兴趣做这门功课吗？这都正是我为了私人感情放弃政治原则造成的苦果。天霞！看人要全面看，千万不要轻信他说的漂亮话，也不要把他表演给人看的局部行为作为全面行为！希望所有诚实的同学们谁也不再来做这一门倒霉的功课！”王兰说到这里有点伤心，不过还勉强忍住了眼泪。

这时候，就听得王兰的妈妈在厨房里喊叫说：“小兰！端饭来！”她们两个便共同洗了洗手吃饭去了。

特殊功课（二）

周天霞从来没有想到贾鸿年这样个青年小伙子，思想会这样复杂。她吃着饭，认真考虑着这件事。她认为从那一包材料上看，这人实在可恨，可是联想到具体的人，又不知道为什么觉着不至于那样坏。吃完饭，她又向王兰提出个疑问：“难道他已经坏到不可救药的地步了吗？人不是可以改造的吗？”王兰指着另一个夹子说：“这一包材料正是说明这个问题的！”周天霞拦住她说：“兰姐！你可不要再让我看那么多了，要不我就走不了啦！”“我也只给你说个大概！”她摊开夹子，里边只有大小五本日记和她决定与贾鸿年断绝关系时给团里写的报告。她果然没有先翻材料，只把左手按在一沓子日记簿上先向周天霞说："我自从结识了这个人之后，有时候和人家高谈阔论，有时候和人家书信往来；有时候和和气气，有时候别别扭扭，终朝每日总以为是正在影响着人家，改造着人家，可是实际结果怎么样呢？"王兰叹了口气，翻开一本日记指着上边标的红线说："这红线是标明与我原来的理想、原来的前途打算有关系的部分……"又翻了几页，指着上边标的一条黑线说："这黑线是标明我和他认识之后，我的思想、打算改变了的部分……"又把这本日记拿起来对着周天霞忒愣了一遍说："你看前边净红线，自从有了黑线之后，红的逐渐少、黑的逐渐多起来！"她放下这一本又拿起第二本来忒愣，一本本都忒愣完了，便接着向周天霞说："最后连一条红线也没有了！你看这是谁改造了谁？正因为从检查我自己的日记引起了警惕，我才向团支部写检查思想的报告，提出我不离山村的要求。"她又翻开报告稿纸说："在报告中我对我自己思想变化做了这样的总结：'按着我原来的前途打算，我是一个顶天立地的社会主义建设者，会和大家一起把我们的山区改变得更加美好；自和贾鸿年认识之后，我逐渐变成了个个人主义的依附者，要不立刻割断关系，不久就更会变成他一个私人秘书……'"她把夹子合上，然后接着说："不只前途打算变了，趣味也变了：在一个课堂上上课却还要天天写信，这算是什么样人的趣味呢？东一个纪念品，西一个纪念品，一个刚刚活了二十岁的人，又不是明天就死了，要那么多的纪念品干什么？我和我们小学的同学由老师领着在荒山上播种的松树已经成了林，我记得的黄沙河滩闸成的滩地，种出来的烟叶已经够拉几大车，放着这些都不曾当作纪念，偏会把他从校园里捡来的几片干树叶当成宝贝保存起来，这又是哪里来的趣味呢？这都又算是谁改造了谁呢？这等人，让他慢慢在我们的新社会大熔炉里改造吧！我已经领教不少了，万万不能先和他拴在一起了！”

周天霞听了王兰这篇“论改造”的讲话，又扬起头考虑了很久说：“兰姐！我已经佩服了你对自己生活态度的认真，只是还有一事不明：你当初和这个人是怎么接近起来的呢？据你从前说，你和他是从爱好文学上接近起来的。是不是一个人爱好了文学就会变成个人主义者？我和你也都爱好文学，以后还敢不敢爱好下去呢？”王兰说：“不！今年五月初，他在一次谈写作时候，暴露过一次个人名利思想，我批评了他。后来他和我在李老师那里遇上了，他故意问李老师说：‘是不是爱好写作的人都是为名为利呢？’李老师说：‘各行各业都一样，抱着个人目的做什么事也是为名为利，抱着人人为我、我为人人的共产主义目的做什么事也是为共产主义。’我觉得李老师的话是对的，可惜我当时护着他，没有把他可耻的思想揭露给李老师听，骗得李老师仍然以为他是优秀生。我们为什么不敢爱好文学呢？当了社会主义建设者，以后不是正有了写的了吗？”

“至于他的坏思想究竟是从哪里来的，我这里还没有材料。这个人就是有点作假的本领：通过了无数次的写信、谈话，他把我的家庭生活情况什么都摸透了，可是一字也没有透露过他的家庭生活情况。我当时也真傻，从来没有想考查一下他的家庭——每逢谈到那方面，他总有办法把话引到别的大事上去。在他申请入团那一次，表上填的是个‘中农’成分，可是我到他家里去的那一次，看不到他家里有什么农民气象。我还以为是富庶地区的农民生活和山区不同哩，现在才怀疑到他家可能根本不是农民传统，不过既然和他断了关系，也就无心再追究它了。”

周天霞说：“我的天呀！认识一个人这样不容易吗？”王兰说：“一开头知道不容易就上不了当，开头看得容易了就要做我现在做的这门倒霉功课！我劝你千万不要在学生时期解决婚姻问题。一个人的进步是真是假，参加了社会生活才容易看得更准确。”

话谈到这里，周天霞要走了。王兰说：“我也该上工了！”说罢依旧盘起辫子、束起腰、拿上鞭子，和周天霞同时走出门来。在握手作别时候，周天霞又问王兰说：“万一以后碰上贾鸿年，问起你的消息来，我该怎么回答呢？”王兰想了想说：“他非常可能专为这事去找你！他要问起我来的话，你就说你最近没有见到我，只听说我宣布过一辈子不离本村的决心，让他死了这条心算拉倒。”“那不是让我当面说谎吗？”“好妹妹！对他这种人以后再也不可以推心置腹了！你和他讲了真话，他是会利用你的话打什么坏主意的！‘以小人之心度君子之腹’是不对的，不过我们过去犯的错误恰好和这相反——我们对他是‘以君子之心度小人之腹’了！他让我们非向他说瞎话不可，我们也只好说！”“难道这个人以后肯定不会再变好了吗？”“那是以后的事！让新社会的大熔炉去完成这个任务吧！我们村里的学生组织已经把他的材料转到他村子里去了！变好了社会上多一个好公民，自然也是好事，只是现在千万不要和他再谈我的情况，否则我那两个夹子里就又会增加材料了！”

果不出王兰所料，过了两星期，贾鸿年去找李老师借钱的时候，就去找周天霞打听王兰的消息，所以周天霞便照王兰的主意把他推走。

贾鸿年从学校推了车子走出来，几乎连买房子的心事也没有了。他勉强跨上车，失魂落魄地蹬着，有好几次差一点儿撞了人。他一阵恨着王兰想：“小王兰！你不要调皮！我总有本领把你弄到手！”一阵又放开王兰想：“去你的吧！算老子白下了一番功夫！”最后仍然想到买房子上。他想："只要把环境建设好了，你王兰来了算你有福；你王兰不来，好姑娘有的是！"想到得意处，车子便又快起来。他快到公社所在的村子里，碰上了一辆拉花椒的大车，从装花椒的麻袋上才想到忘了买麻袋，便到公社供销社去买。

他走进公社供销社，正好没有一个熟人碰上，便抓紧时间向售货员要麻袋。售货员把两条麻袋递给他，他连好歹也没有看，便掏出钱来付款，忽听背后有个人说："鸿年真发财呀！"他回头一看，见是村里一个青年，便后悔不该把借来的一百块钱都拿出来。那个人接着随便问他说："买麻袋装什么？"他很快就编好了瞎话，也装作很随便地答应说："一位老师托我给人家买些干白菜！"

两头泄气

石三友自从这天早晨装起病来，就一阵一阵瞎哼哼。一会儿，大夫来了。大夫问他哪里不好受，他说肚子疼。大夫给他测了测体温，体温不高；按了按肚子，按一下他叫一声。大夫判不明病情，只得给他注射了些镇痛剂，留了点镇静药片走了。大夫走后他的哼哼仍没有停——上午哼得轻，下午哼得重，晚上直叫要命。

晚上十点钟前后，生产队刚刚记完了工还没有散，石三友老婆便去找队长。她说石三友病得厉害，明天要送到县里医院去治，要队里借给一头牲口，并且再替贾鸿年请一天假让贾鸿年去送。

队长还没有答话，记工的人群里就纷纷议论起来，都说在杀地和铡草两项工作挤在一块正忙的时候，不可以再把青年劳力放走。有人向队长建议说：“他爹贾连升也不会杀地、也不会铡草，还不能让他去送一送他的大舅子？”队长考虑了一阵子说：“还是让贾鸿年去好！”有个老汉说：“对！不要让他爹去！把那两个‘宝贝’弄到一块，又不知道会出什么鬼事！”另一个人说：“也不怕！队里再没有死驴叫他们卖了！”队长转向石三友老婆说：“你回去让贾鸿年来一下！”

一会儿，贾鸿年来了，队长说：“队里正杀地，牲口忙得撤不出来。三队的大车明天到窑上拉煤，去的时候给咱们队里捎二三百斤烟叶，就让你舅舅也坐那个车去好了。你要去，我就不派会计去了。咱们交了这批烟叶，全年任务就完成了，你可以替咱们队里和收购站结一下账，把站上该找咱们的二百来块钱连清单一起拿回来！”

第二天队长领着人在谷场上铡草，其他各队也都有在场上铡草的。北方农村秋后的铡草工作，是一项紧张活泼的有趣工作。这种工作，不能单干，就是在农业合作化以前，也是由几户自由组成变工队干的。这是一种重劳动。参加这种劳动的每天要吃够五顿饭，上午下午各有一顿饭是在场上吃，名叫“贴晌”，吃的是些黄蒸、煎饼之类的干食品。吃贴晌的时候是大休息。在这时候，不论青年老年都爱谈谈笑笑，喧闹之声此起彼落。

这一天，各队场上的谈笑话题无形中都集中在石三友身上——可能是他头一天哼哼了一天的结果。青年们好多人不知道石三友的来历，见老年人笑起来觉着莫名其妙，有些老年人便讲解给他们听。石三友的外号叫“十三幺”。有人给青年解释这个外号说：“‘十三幺’是打麻雀牌时候一种最大的成牌法，要是没有满贯的限制，‘十三幺’要算十三翻，见一块钱要翻到八千一百九十二块，在从前行赌博的时候，小户人家连那么一牌也输不起。人们所以给石三友送这个外号，就是说他的翻腾劲过大。”有人接着补充说：“人家在当年做生意的时候，使用的东西和买卖的货物常不分家，只要价钱合适，把腿上穿的裤子脱下来卖了也行！”又有人揭他倒霉的底子说：“要是不会翻的话还来不到咱们村子里哩！他有一次翻塌了锅，赔了个扫地出门，才托他妹夫贾连升给他在咱们村子里弄了几间房子搬过来。”还有个人接着打趣说：“要不咱们村子里就会缺这么一块料！”

石三友他们自己的队里，开始议论的仍是贾鸿年请假问题，后来就转到石三友病情的真假，最后扯出个严重问题来。有个青年说：“贾鸿年尽躲重活，这次铡草又被他躲过了！依我说，另换一个人去照顾石三友，也应该把他留下来铡草！”队长说：“这个我也想来，不合适；留下个贾鸿年，叫他输（念‘如’的音）吧他不会，叫他铡吧铡不动，虽说是个青年，抵不住个正经劳力用，要换可就得换出个干得了活的，比起来还不如让他去了省事！”那个青年说：“不会干就学嘛！我们村里二十多个中学毕业生都学得会，他为什么就学不会？照他那样，不是越不想劳动越能躲得清静吗？”有个年纪大一点儿的人说：“我看石三友那病，照顾不照顾都死不了！”又有人说：“依我说他那病根本就是装的！可能是他前天在大队里买了些什么冷货，想拿到城里去倒腾倒腾！”还有个人接着说：“他们两家向来是‘贾不离石、石不离贾’，说不定贾鸿年也是跟他去倒腾买卖去了！”队长说：“我看还不至于是那样！贾鸿年在劳动上虽说轻浮一点儿，可是也不同意他爹搞投机买卖！”一个从来不多说话的人忽然开口说：“不至于？也说不定！贾鸿年他娘昨天晚上买了我三斤自用烟叶，说是给他一个亲戚买的，也许是想捎到城里卖一卖赶个零花钱！”有人问：“三斤烟叶能卖几个钱？”另一个人说：“你怎么知道没有买别人的呢？”那个青年向各队的场上一看，见有好几个队的人也都正吃贴晌，便向队长说：“让我去打听一下！”说着就跑到别的场里去了。吃过了贴晌，大休息过后又要做活了，那个青年跑回来报告队长说："就是有鬼！又调查着五户，一共卖给他家二十二斤烟叶，是他们老两口子分头去买的，都说是给他一个亲戚买'几斤'——这家'几斤'，那家'几斤'就查出那么多来！很可能还有买别人的！"队长拍着膝盖说："鬼、鬼、鬼！没有想到！你给我开个单子，马上报告大队一下！"大家又纷纷议论起来："这才像他们两家做的事！""我说凤凰不落无宝之地嘛！"……那个青年从日记簿上撕下一块纸来给队长开了个单子，队长拿去报告大队，其余的人都铡起草来。

大队听到了这个生产队的报告，中午召集各个生产队长碰了一下头，让大家马上继续调查一下还有没有更多的情况。一会儿，各队断断续续又报了几户，接着就有第三队队长领着一个饲养员来报告另一个情况。饲养员说："大车起身的时候，贾鸿年拿出两麻袋东西来，说是给他一个老师捎的干白菜，我看不像：一来白菜是一百斤湿的才落五斤干的，两麻袋不过装二十来斤，不应该是那样沉甸甸的；二来鲜白菜在城里满街摆得都是，谁偏要吃干菜；三来他家没有种自留白菜，又没有见他买别人的！"大队长听了这个情况，和前边买烟叶的情况对在一块，很明显地能看出他们是倒卖烟叶了。大队长和支书一商量，先打电话给公社把这情况报告一下，然后继续调查，决定到晚上再找贾连升到大队来交代。

晚上，大队召集了个群众大会，把十几户卖给贾家烟叶的人叫到前排来，然后让贾连升坦白交代。贾连升见事情已经揭开底了，想不承认也不行，只得说“我错了，我错了”。卖过烟叶的这些户质问他说：“贾连升！你究竟有几个亲戚要烟叶，把我们蒙到鼓里边！”大队长问他说：“把烟叶倒到哪里去了！”贾连升说：“烟叶确实是给一个亲戚代买的，人家拿走了！”“胡扯！”“哪个亲戚？”“是不是石三友？”“…… ”群众正在追问，会场外边有自行车铃响，住在公社的一位县公安局干事来了。公安干事把大队长叫出去说了几句话，然后回到会场上宣布说：“不用再追烟叶的去处了，是石三友拿到城里去了！石三友已经被政府捕起来了！”贾连升一听，吓得他几乎站立不住。他这时最不放心的是他儿子贾鸿年不知道怎么样了。

难言之苦

贾鸿年这时候往哪里去了呢？他倒找到了个清静地方，可惜是凉一点儿——在离城五里一个西瓜园里的草棚里。他是怎样到这个地方去的呢？这事还得回过头来交代：

贾连升本来是愿意单独干这次买卖的，后来想到怕石三友吃醋才去找石三友合伙。他预料到他们两个有名的“宝贝”一齐出马一定要引起村里人的怀疑，这才和石三友做了一套奇怪的分工——自己出资、收买，让石三友到城里去卖，再派贾鸿年暗中监督。这样一安排，便把贾鸿年安排成旧社会里那种“少东家”的身份。

贾鸿年这次可没有完全忠于他父亲的委托：头一天他来向李老师借钱，不是得到王兰一个出乎他意外的消息吗？他和王兰两个人的关系，都不是愤慨一下就能了事的。王兰决定和他断绝关系的时候，还整理了那样繁乱的两宗文卷给他做了一次清算，他得到王兰那个消息后，如何能只拍一拍胸脯就死了心呢？不过他可不是像王兰那样因为受了一度刺激来彻底检查了一下自己，而只是半夜没有睡觉又打了个坏主意。他所以爱王兰，只爱的是王兰的聪明、美丽，因此他便觉得只要得到个聪明、美丽的姑娘就够了，叫不叫“王兰”都没有关系。他在和王兰交往的时候，就已经觉着王兰的女朋友周天霞也是既聪明又美丽的，这时候他就又想打一打周天霞的主意了。他计划这天和他舅舅石三友进城，趁着是个星期日再去找一找周天霞，求她去说服王兰放弃不离山村的主张；以后每隔几天就去找一次，能说服了王兰自然更合乎他的理想，说不服王兰就在这多次软磨中间和周天霞磨出感情来，让她代替王兰。因为有这么个鬼主意分了他的心，所以没有把那个“少东家”当好。

拉煤的大车把他们送到县里的收购站门口，就把东西卸下来走了。石三友和贾鸿年往院里一看，见交售烟叶的人们长长地排着个队，预料在两三个钟头之内能交了就够好。石三友把贾鸿年拉到个僻静处说：“我先到店里占个房间，然后到市场上打听一下行情。这东西我先扛一袋走，你把队里的货交了、手续办了之后，扛上那一袋到隆昌客栈找我；有人问是什么东西的时候，你仍然说成干白菜！”交代过后就扛起一个麻袋走，临走的时候又说：“到那里不要问我的真名字，就说找‘吴有铭’！我准备在他们的号码簿上登记这个假名字。”说罢便先走了。

石三友走后，贾鸿年排进交售烟叶人们的队里。他看着前边的人数和每个人办手续的速度，急得他满头是汗，仿佛觉着交到天黑也轮不到自己似的，其实也没有那么慢，不过一个来钟头就该着了他。收购员们给他过了秤、结了账、开了清单，找给他二百二十四块六毛钱。他因为急于要去找周天霞，勉强等把手续办完，就匆匆忙忙扛起麻袋往隆昌客栈去。其实他只要多待十来分钟，王兰就也到这里交售烟叶。可是他哪里会知道呢？人越着急，就觉着事情越不顺利。贾鸿年到了隆昌客栈，石三友上市场去还没有回来。他按照石三友的话说找“吴有铭”，服务员告他说："吴先生出去了，他说有人来送干白菜，叫送到他住的房间里去！"说着拿了钥匙给他开了第二十三号房间的门，让他把东西扛进去。

他把他扛来的一麻袋东西，放在石三友扛来的那一麻袋上边，翻身走出来，服务员正去锁门，石三友回来了。石三友说："你且等一下！"贾鸿年只好跟他又回到房间里。服务员去后，石三友悄悄和贾鸿年说："行情不好！和咱们的进价差不多！""那怎么办？""你给队里交了货，找了价没有？""找了！""找了多少钱？""二百多块！""有钱就有办法！再倒一下就成。把钱给我！""买进来要卖不出去呢？"石三友笑了笑说："傻瓜！这要随时跟着情况的变化做！这道理你不懂！坐下来，舅舅慢慢给你讲！"贾鸿年要是坐下去慢慢听的话，那就完全合乎"少东家"的本分了，可惜他放不下周天霞，便把二百块两沓整票子掏出来给石三友说："回头再讲吧！我还得去找个同学！"说着就拔起脚来跑了。

一个毕业生回到母校去找未毕业的同学，一般是不按会客的规则接见，而是直接跑进宿舍去找的。贾鸿年头一天来找周天霞就没有经过这番手续，可是这一天来了反而被传达室挡了驾。传达室的同志很有礼貌地和他打招呼说："来了，鸿年？"贾鸿年也点头答礼。传达室又问："你找哪位呀？"说着把会客登记簿递给他。对方要公事公办，他也无权犯规，只好一边拔出钢笔来准备填写，一边回答说：“找高二一班周天霞！”“周天霞刚出去！”人既然不在，自然连簿子也不要填了。他又把钢笔套起来说：“我等她一下可以吗！”“好！请到会客室坐吧！里边有开水，随便喝杯水等等！不过她刚出去，恐怕马上不会回来！”

传达室对一个前期毕业生为什么这样客气呢？这也经过一度简单的安排：周天霞虽说没有料到贾鸿年要在自己身上打什么鬼主意，可是已经在王兰那里接受了一点儿教育，知道贾鸿年这小子不便招惹，所以在他头天找了一次麻烦之后，便和传达室说明贾鸿年以后可能还要来缠个不休，要求传达室在他再来的时候挡一挡驾，可巧他这一天接着就又来了，所以传达室对他特别注意。

星期天学生们上街，回来得迟早是没有准的。贾鸿年喝了两杯水不见周天霞回来，看了两本画报还不见她回来，又看了一本小人书还不见她回来，看了看墙上的表，已经是下午四点半了。这时候，离学校开饭只剩下半个钟头（星期天是两餐），上街的学生断继续续往回走，他再也坐不住了，便走出会客室到校门外来等，每碰上个熟人就打听是否看见周天霞，但结果都说是没有看见——他们自然不会看到，周天霞根本就没有出去——等呀，等呀，一直等得人都快回完了也没有见周天霞回来。这时候的贾鸿年再也不能等了——因为他中午没有吃饭，实在饿得受不了了。

他离开学校，跑到街上一个小馆子里叫了一份饭。这种“份饭”是一饭、一菜、一汤。他没有等到菜来，就先把饭快吃完；等菜来了才吃了几口菜，就听街上闹闹嚷嚷走过一群人来。有人说是公安局捉了个人，引得一些吃饭的客人都挤到门边来看。贾鸿年也挤过来一看，见有一辆小平车推着三麻袋东西，几个警察把他舅舅石三友夹在中间正往前走。他见到这情况，便再也无心继续吃饭了。

石三友的事是怎么犯了的呢？下午三点，公社给公安局打电话，报告了村里报来的石三友倒贩烟叶的情况，公安局便派人到市场上和各旅店稽查。查旅店的一组人查到了隆昌客栈，查过旅客登记簿，没有个“石三友”；问经理是否有人拿来两麻袋东西，经理问了服务员，服务员说二十三号房间的客人吴有铭，拿来两麻袋干白菜。负责那道街的派出所所长说：“对！电话上也说他是冒充卖干白菜的！”他们一同到二十三号房间，石三友还没有回去，服务员开了门让他们进去，指着地上的两麻袋东西说：“就是这个！”麻袋封着口，大家闻了闻都觉着有烟叶味，服务员拿了把剪子来拆开个口一看，正是烟叶。倒霉的石三友，又另外买了一条麻袋在市场上收购了一袋烟叶扛回客栈来。他走到二十三号门口，见门开着，还以为是服务员来送暖水瓶，及至走进去，看见有几个警察，才觉得不妙了。

石三友就是这样被捕了的。贾鸿年见石三友出了事，连要来的菜和汤也吃不下去了。他勉强就着菜把剩不多的米饭吃完，又喝了一两口汤，推说太咸，便算了账匆匆离开饭店。他在未离饭店之前那一霎间，好像是急于要去挽回局面似的，及至走出饭店来之后，才想到自己不但无能为力，而且连个去处也没有了。他无目的地顺着街道走着想了一阵子主意，觉着只求能脱离干系就好。他以为要脱离干系，只有回家去故装不知，预料舅舅这个老江湖，会单独把罪名承担起来，不会把自己暴露在案里。这时候已经是下午六点钟，他来时候没有骑车子，预计摸黑路回到家，至少也得在十点以后，可是就那也得走，否则住到哪里也有受到盘查的风险。

他出得城来大约走了有五里路，忽然想起收购站找给队里的二百块钱已经给了舅舅，回去了无法交代——要说丢了，别人不但不会相信，反而会很自然地和舅舅的事联系起来。他坐在路旁想了一阵，又想出一条找李老师骗钱之计。这时候，天已经黑了，他觉着回城去下店怕受盘查，找附近村庄投宿也难免会有人问长问短；向周围一看，附近有个草棚，是种园地的生产队夏天卖西瓜时候搭的。“讲究不起，就住这瓜棚里吧！”他这样一盘算，便走进瓜棚里。这地方很清静，没有人盘查，要是夏天来住是十分凉爽的，可惜他来得晚了一点儿，又没有带行李，一夜凉醒了五六次，快到天明，身体实在支持不住了才将就睡着：他正睡得香甜，被一个赶大车的甩了两声响鞭把他惊醒。他醒来看了看太阳，大约已经是早晨八点的时候：他清醒了一下，把这一次不太顺利的出行回想了一遍，觉着还只能按着到瓜棚来投宿那阵子的计划进行，于是便拂打了一下身上的尘土，掏出手绢来干擦了一下脸，走出这座新式旅馆，顺大路返回城里去，溜着背巷去找李老师。要是不经说破，谁也不会想到坐在李老师和王兰面前这位恭而有礼的"优秀生"，正是头天晚上在瓜棚里投宿的那个倒霉的旅客。

贾鸿年可也真有点无耻之"勇"，就在那种遭遇下，一来还把戏文做得那么足，二来仍不放弃追求王兰。他本想先把王兰哄骗回店里去，然后向李老师骗到钱，再到店里去找王兰，做到两全其美，及至听到李老师有资助王兰复学的意思，他便着了急。他着急的是怕李老师先答应了资助王兰，再没有钱借给他，所以没有等王兰回答李老师的问话便抢着提出借二百块钱的事来——要不是电话来得早，王兰固然不会再听他的话，说不定李老师还会上他一次当哩！

李老师之悟

这个故事讲到这里，就剩下一个情节没有交代，那就是李老师接到的电话是谁打来的和为什么把这事告给李老师。这个根由还得回头来说：

前边不是提过在头天夜里有县公安局住在公社里的一位干事到贾鸿年他们村子里去了吗？这个人是石三友被捕之后，县公安局打电话命他到村子里调查详细情况的。队里的群众大会散了之后，党、队、群众团体各系统的领导干部又留下来碰了碰头，布置了一下如何调查，就各按系统进行工作。一会儿，各系统把调查结果报告上来。这些报告中，除了前边提到的石三友装病、贾连升夫妇收买、贾鸿年装运等情况之外，还怀疑到城里有人入股。具体的反映是这样：有人说前天大队里卖积存东西的时候，贾、石两家把所有的钱都买了便宜货，后来因为钱不够了，又都恋恋不舍地把挑选的一部分东西放弃了，可是第二天怎么就会有钱买烟叶？又有人说贾鸿年在公社供销社买麻袋时候，掏出一沓票子来，有一百来块。又有人听说他能在城里一位李老师那里借钱，说他到公社请大夫就走了一整天，可能是到城里向那位老师借钱去了。又有人因此怀疑到这位老师既然能借钱给他让他倒买卖，说不定是入股和他们合伙干的。

这天早晨八点钟，这位公安干事骑着车子赶到县里来向局长汇报。局长听完了全部情况之后说：“一切情况大体上都和这里已经有的材料符合，就是怀疑这里的李老师入股的事没有可能性，还需要你将来到那里向群众做个解释。”

他先向这位干事解释说：“第一中学的老师们只有一位姓李的，名字叫李光华。这是一位老革命同志，在旧社会里因为发表革命文章坐过牢。抗日战争开始，他在省里一个中学里教书，带着一批进步学生参加了八路军。我就是在那时候认识他的，和他带来的一个学生编在一个班里。那时候部队分配他做宣传工作，老根据地成立中学的时候又调他出来教书，直到省城解放了，他才随着学校搬回到省城里去。

“他是个业余作家，常爱写文章。省文联想请他去编刊物他没有答应。他说他教惯了学生，最好还是专于教学这一种熟悉的业务。

“他的生活永远是那样简朴，仿佛一辈子永远穿的是那一套衣服。他经常有些稿费收入，不过什么时候也不见他有多余的存款，常常资助一些社会事业和穷苦的学生，不过他有点轻于相信人们说进步话，往往也有被人骗了的时候。

“一九五八年各地方的高中班次增多了，要从省里往下调老师，有些老师对省城的生活有些留恋，将近六十岁的李老师便首先要求下放，这才被调到咱们县里来。被调来的其他老师，往往还有点从大地方来的架子，李老师仍然和他从前参军时候的习惯一样，不论学习、不论劳动，事事都走在他们前边，后来被选为党代表出席县里的党代表大会，在会上又当选为县委会的委员。”

局长把李老师的为人、行事介绍到这里，就提出他自己的见解说：“像这样一个人，怎么会和别人合伙去投机倒把弄钱去呢？”

那位干事听了，也觉着不应该让群众怀疑这样一位老同志，不过他觉得还有个问题须得弄清楚了才好向群众解释。他问局长说：“群众要问起李老师是不是借钱给贾鸿年，要借过的话又借给他做什么用，该怎么回答呢？”局长说：“这个自然要弄清楚！我可以打电话问问李老师，你待一会儿再来一下！”

李老师接到的电话，就是这位公安局局长给打来的。局长除了把贾鸿年和他舅舅倒卖烟叶的事告诉了李老师外，又问明了：贾鸿年假托给队里买骡子借过李老师一百块钱。李老师没有要他买过什么干白菜。

李老师以为是公安局要捉贾鸿年，所以最后在电话中说：“他还在我这里，你派个人来吧！”公安局局长回他说："你且让他回村去检讨吧，法院没有决定捕他！"

李老师接罢电话回来，贾鸿年一见，不是就放声大哭起来了吗？这时候，李老师没有说话；王兰不摸详情，想劝李老师消气也无从劝起；李老太太听到了哭声，急急忙忙从套间里走出来问长问短，也问不出个所以；只有走投无路的贾鸿年还苦苦哀求李老师救他。

这样的局面持续了好大一阵子，后来还是李老师先说了话。李老师向贾鸿年说："我怎么救你呀？我主观上一向以为你在我这里接受的是无产阶级教育，可是实际上你成了个烟叶贩子。作为你的老师，我没有尽到我的责任——没有把你的真实思想研究清楚来做针对性的教育，而却长期被你的假进步、假积极所蒙蔽，结果害了你！"王兰插话说："李老师！我真对不起你！我本来早就发现他那一套假正经是表演给你看的，只是我当时掩护着他，没有向你报告；最近我决心和他断绝关系的时候……"贾鸿年听到这里，吃惊地看了王兰一眼，接着想到即使她以前无此决心，眼前也会临时产生，于是无可奈何地又把头低下去。王兰没有理睬他，接着说："……又想把这历史情况报告你，后来想到他既然已经离开学校，也不必惹你再生气，所以没有那样做。现在看来，假如我在一个月之前把这情况报告给你，你还许能少上一次当哩！""好孩子！你从前对他做了原则上的让步是不对的，以后又能警惕起来证明你还是懂得站稳阶级立场；至于没有向我报告我不能怪你！我对他的行为也不是一无所知：他临毕业的时候，我还建议团组织对他这个‘优秀生’做一番突击性的教育，争取能在毕业之前吸收为团员，后来团支部和我谈了一次他的情况，我也觉得不行。从那时候起，我大体上对他有个了解，不过总觉得一个聪明的小伙子，经一经劳动锻炼是可以改造好的，没有想到他很快就发展到投机倒把这条路上来！”

贾鸿年听到这里，又抽抽噎噎地哭了。李老师对他说：“哭有什么用？早早地摔一跤对你有好处！你要想重新做人，就得先在群众面前把你自己的底子交代透！千万不要以为在群众中只有你自己聪明！做一件事有一件事的结果。群众是要把你所做的事的一切结果综合到一处来给你做评价的！你哄得了谁？回去向群众交底去！你才二十来岁，跌倒了爬起来重新做人有的是前途；不过要继续做‘鬼’的话，那就没有人再挽救得了你了！”